Marafa

MARQUES REBELO

Marafa

5ª edição

JOSÉ OLYMPIO
EDITORA
Rio de Janeiro, 2012

Reservam-se os direitos desta edição à
EDITORA JOSÉ OLYMPIO LTDA.
Rua Argentina, 171 – 3º andar – São Cristóvão
20921-380 - Rio de Janeiro, RJ – República Federativa do Brasil
Tel.: (21) 2585-2060
Printed in Brazil / Impresso no Brasil

Atendimento e venda direta ao leitor:
mdireto@record.com.br
Tel.: (21) 2585-2002

ISBN 978-85-03-01011-5

Texto revisado segundo o novo Acordo Ortográfico da Língua Portuguesa.

Capa: SERGIO LIUZZI/ INTERFACE DESIGNERS
Foto: JOSÉ MEDEIROS/ ACERVO INSTITUTO MOREIRA SALLES

CIP-BRASIL. CATALOGAÇÃO NA FONTE
SINDICATO NACIONAL DOS EDITORES DE LIVROS, RJ

Rebelo, Marques, 1907-1973
R234m Marafa / Marques Rebelo. – 5ª ed. – Rio de Janeiro: José Olympio, 2012.
256p.

ISBN 978-85-03-01011-5

1. Romance brasileiro. I. Título.

CDD: 869.93
12-3497 CDU· 821.134.3(81)-3

1

A MADRUGADA NÃO TARDAVA. De luzes apagadas, dentro da névoa rala, a rua das mulheres dormia finalmente. Cai, não cai, o homem bêbedo vinha cantando. Apoiava-se ao esguio companheiro, que gemia no violão, e de cabeça tombada para o lado cantava sempre. Parou na esquina e cresceu mais a voz na valsa seresteira:

Com o vestido de baile das estrelas,
vem a noite dançar no teu jardim.
Abre a tua janela para vê-las,
que as estrelas do céu falam de mim.

A voz não é boa, mas tem o tom inconsciente e apaixonado dum apelo. Ela atendeu como a um chamado. Abriu a rótula — espiou. Fazia frio. Mais que frio, uma umidade penetrante. Ela não sentiu. Era magro o homem e mal se aguentava nas pernas:

Lua! Freira do céu! Irmã das dores!
Para em cima da casa onde ela está!

Encostado ao poste, o companheiro dedilhava, chapéu cobrindo os olhos, cigarro escorrendo no canto da boca amarga. Ela saiu, chegou-se fascinada. A combinação vermelha é a única peça sobre o corpo; traz as coxas de fora e a gaforinha eriçada. O homem nem a viu; com os olhos fechados acabava num lamento, o camarada, imperturbável, acompanhando:

Diz que eu sou infeliz nos meus amores
e que infeliz como eu, assim não há!

Acabou. Como se o cantar fosse o seu equilíbrio, caiu. Ela amparou-o:

— Vem comigo.

O trovador dormia derramado nos ombros nus, babando. Foi levado. Caiu de borco na cama de travesseiros altos. Ela voltou. Disse um adeus ao companheiro:

— Ele fica aqui.

O rapaz partiu sem resposta. Mal a olhara. Ia indiferente, de novo tocando pela rua sem ninguém. Ela cerrou a rótula. O violão sumia.

*

O sol ia alto — passava das duas — quando o homem acordou. Acordou com sede e com fome, estranhando o quarto calorento. Estirou os braços, passeou os olhos injetados pelo cômodo. Onde estaria? Que quarto era aquele? A parede era azul, o biombo no canto era de chita florida, havia um perfume de sabonete. Rizoleta deu-lhe como bom dia:

— Andava um bocado ruinzinho ontem, hein, mano!...

Ele aclarou-se, sentou-se na cama dura, empurrando com os pés a colcha adamascada. A cabeça pesava-lhe um tanto, mas aquilo era estômago vazio, fraqueza, e com desembaraço pediu "qualquer troféu que enchesse o bucho".

— Vá lavar a boca primeiro, seu porco! — ralhou Rizoleta, mostrando a dentadura forte.

Ele aí olhou-a bem. Era carnuda, tinha os seios fartos, as axilas raspadas, cabelo sedoso e negro. Achou-a linda, batendo os chinelos de arminho e salto alto no soalho sonoro. Estava ali há pouco mais de dois anos. Perdera-se com um soldado que a largara, não achou jeito de voltar novamente para ama-seca, dormiu com um e com outro — caíra na vida. Era esta a sua história. Foi para o espelho e prendeu os cabelos com uma fita verde. Que linda! A polaca de pincenê meteu a cara pela cortina, perguntando "onde estava o anjinho". O homem mostrou um lugar obsceno:

— Aqui!

Foi um pagode. Perguntaram-lhe o nome. Era conhecido por Teixeirinha.

*

Almoçou bife com batatas fritas, mandado vir do botequim defronte, com um ovo a cavalo para reforçar.

— Você quer uma salada, filho? Eles têm.

Recusou com rispidez:

— Não sou coelho.

Tomava era uma cerveja bem gelada para quebrar a ressaca:

— Preta, ouviu?

Veio a cerveja suando de fria. Serviu com o gargalo no fundo do copo para não fazer galão:

— Um pouco?

— Mete lá! — aceitou Rizoleta.

Frida fez um gesto delicado de escusa:

— Não posso.

— Os pêsames!

— Não é pelo que você pensa! — protestou a polaca.

Ele, então, riu e pôs-se a contar a farra da véspera — puxa, fora infernal! Começara na casa do Otílio, que fazia anos, com um parati de Angra especial, presente do povo dele, que era de lá. Otílio é o tal do violão, explicou. Bom camarada, topador de qualquer parada e um braço no instrumento. Quando estava um pouco tocado, então, não tinha igual, era uma coisa louca! Ainda haveria de trazê-lo ali para ouvirem — era de fechar o comércio!

Rizoleta tinha gostado sim — muito sentimento. E sincera:

— Mas deixe estar que você cantando não fica atrás.

— Que brincadeira!

— Brincadeira, nada! Estou falando sério. Canta muito bem — apelou para as polacas: — Não é?

Não tinham ouvido, um sono de pedra, muito cansadas, desculpavam-se. Teixeirinha, que estava de veneta, pegou na palavra, metendo assunto atrás de assunto, com muitos casos gaiatos e empregando termos pornográficos como sinais de pontuação. A mulata se admirava — como era bem-falante! Como era engraçado! Como sabia coisas! Devia ter seus estudos.

— Você é formado, meu filho?

— Formado, eu?! Não sei em quê!

— Pensei...

— De pensar morreu um burro.

Batiam cinco horas. Teixeirinha levantou-se, espreguiçando-se. "Ia dar uma volta pelo clube para ver em que paravam as modas." Rizoleta pendurou-se no braço dele.

— Volta cedo, bem?

— Cedo? E você como fica?

— Não se pensa nisso. Vem, ouviu? Bem cedo.

Disse que conferia e procurou o chapéu.

— Você não trazia chapéu. Será que perdeu?

Bonito! Tinha perdido mesmo. Um palheta novinho! Enfim, antes ele do que a cabeça. Pior é que estava teso, teso como nasceu.

— Você me empresta uns níqueis?

Ela bem sabia que ele estava a nenhum. Revistara-lhe os bolsos — nem o desgraçado de um tostão! Emprestaria, sim, e para o chapéu também. Não sabia era o preço de um chapéu:

— Quanto custa, hein?

Ele percebeu que estava feito. Tinha dado numa mina — vejam só! —, podia sacar à vontade. Largou o que lhe veio à boca:

— Uns vinte mil-réis...

Levou foi trinta mesmo. Dez ficavam para os miúdos. Voltaria cedo, sim. Aí por meia-noite...

— Que meia-noite, nada! — ela zangou. — Quero cedo!

— Bom, se é assim...

Esteve na praça Tiradentes, jantou regalado com vinho, acendeu um Regalo de Cuba, marimbou pelo Eletrobol ainda vazio, foi até o clube. Vivia de expedientes e o Clube dos Furrecas entrava na sua renda, pois encarregavam-no da organização dos préstitos carnavalescos. Deu uma prosa altiva com seu

Alexandre, que tinha açougue no andar térreo e era o presidente da sociedade, voltou às dez horas, quando a rua fervia de soldados, marinheiros, operários, estivadores, empregados no comércio, estudantes, toda uma multidão que se embriagava barato com as carnes moles do mulherio, berrando, se oferecendo, se injuriando. Ostentava um alvíssimo palheta de aba estreita. Rizoleta abriu-lhe os braços num delírio:

— Meu nego!

2

— CONHECE COISAS COMO um doutor! Manda um pedaço no clube! Tem uma tatuagem no peito para fechar o corpo! — Rizoleta, entusiasmada, conta vantagens do seu homem em outros alcouces, entre o deboche das raparigas: homem não presta! Inês do Barulho, então, diz horrores — uns cafetões todos eles!

— Cala a boca, negra!

— Que cala a boca, uma banana!

E a negra se abre mais, numa gargalhada canalha que se ouve à distância. É valentosa, usa navalha, tem uma cicatriz na testa, arma distúrbios, anda constantemente às voltas com a polícia. Rizoleta não tem medo:

— Desgraçada!

Está verdadeiramente orgulhosa dele. Fora de muitos, mas era o primeiro a quem se entregava daquele jeito — e quanto você precisa, meu filho? Passava-lhe o dinheiro franco. Quase tudo que ganhava. E bem que ela ganhava! Era muito frequentada, tinha conhecidos certos, uma fama enorme no couraçado *Minas Gerais*. Também era a mais gostosa do 107. Lolote, uma velha. Suzane, outra velha. Frida, avariada, descansava, e, aproveitando as férias forçadas, fazia da boca uma fortuna em dentes de ouro. Mariazinha, a única concorrente séria, uma morena aluada, adejava no interior com um ex-caixeiro-viajante muito sabido, por quem se embeiçara alucinadamente. Fazia furor num cabaré de Juiz de Fora por causa dos cabelos, quase louros, oxigenados e da graça triste com que cantava a canção *Infeliz*, rosário das desgraças duma mulher perdida.

3

SÁ MARIA, DE TAMANCOS, enquanto faz a limpeza, conversa com Lolote.

— É o que lhe digo. Há mulheres casadas piores do que vacas.

Sabia de muitas, muitíssimas. Dizia os nomes, ajuntando, sarcástica, com a voz pontuada — casada com *sôr doutoire*... Contava casos escabrosos cortados de apóstrofes. Portuguesa, tinha buço carregado e crostas de sujo no pescoço avermelhado pelo sol. Usava coque torcido e brincos — meias libras verdadeiras penduradas por duas correntinhas. Morava perto, numa avenida imunda, amasiada com um marceneiro, seu patrício e bem mais moço, que lhe moía regularmente as costas como complemento das tremendas carraspanas que tomava. Trabalhava para três bordéis. Pela manhã, varria-os, espanava-os, passava pano molhado no chão, fazia uma arrumação rápida; durante o dia, lavava a roupa das mulheres com muita cantoria luso-brasileira.

— Umas cadelas! — dizia, repuxando os beiços com nojo. — Umas grandessíssimas cadelas!

Lolote apoiava sem palavras, sentada na banqueta junto à janela. Cose ao mesmo tempo que espreita os passantes matinais, mostrando-lhes as roscas de gordura das coxas, brancas como carne de peixe, oferecendo-se sempre.

Sá Maria esbarra com a porta fechada. É o quarto de Rizoleta. Para a vassoura, as mãos encardidas agarradas ao cabo lustroso, e fala baixo:

— Esta cá meteu-se com homem, coitada. Está perdida.

A agulha para também. Lolote não se contém — precisa se abrir. A portuguesa chega-se com ouvidos prontos para a novidade. A polaca é uma cascata de queixas. Sá Maria, que nutre uma disfarçada birra da rapariga, está concorde:

— É isto mesmo. Perdida!

Lolote espeta o ar com a agulha, indignada. Lolote é a responsável pela casa. Paga o senhorio, paga a pensão, a limpeza, a luz, os impostos, os extraordinários... Subloca os cômodos às companheiras com lucro alto, cobrando à parte comida, bebida, roupa lavada e coisas mais. E para a mulata tudo era bem mais salgado. Cavasse! E Rizoleta metida com aquele homem que lhe sugava tudo.

Sá Maria estribilha:

— É isto mesmo. Perdida!

Aí Suzane, com papelotes e roupão sulferino, também vem entrar na conversa:

— Um miserável cafetão!

Estão revoltadas! São quatro, agora que Frida chegou fumando. Estão revoltadas! O homem manda e desmanda na rapariga. Rizoleta sempre fora uma trouxa nas mãos de Lolote, que apresentava despesas fantásticas com a cumplicidade das outras, deve isto, deve aquilo... Ela pagava sem reclamar. Agora Teixeirinha manobra por trás:

— Isso é uma roubalheira! Estão te embrulhando alto. Não seja boba, estrila.

Rizoleta estrilava, Lolote sentia-se ofendida, havia bate-boca, Rizoleta não se dobrava:

— Não pago! Não pago! Não adianta vir com conversa. Só pago o que eu devo!

Lolote saía, entendia-se com David, voltava mais cordata, fazendo abatimentos e concessões, mas sempre chorando miséria. David não aparecia nunca no bordel. Dia sim, dia não, Lolote procurava-o. Era um húngaro sanguíneo, atarracado, com tatuagens nas mãos de unhas curtas. Usava um solitário custoso no dedo. Suzane também tem o seu conselheiro — Ferdinand. Como David, nunca vem ao prostíbulo. Diz-se francês, tem um vago negócio de peles na avenida Gomes Freire. Frida é livre. Sim, estão revoltadas! Um dia Lolote quisera amedrontá-la:

— Você dá muito dinheiro a ele. Cuidado! Olha o fim do mês...

Rizoleta, que já estava escolada, trepou nas tamancas:

— Por acaso já lhe fiquei devendo alguma coisa? Já? Meta-se lá com o seu gringo e deixa de ser besta!

Estava decidida, fazia gestos agressivos. Lolote engoliu, acovardando-se:

— Non! Non! Não queria brigas.

Abanam as mãos: impossível. Estão revoltadas! Sá Maria rosna mais uma vez — perdida! O homem é que levava tudo. Quem diz é Lolote. Tudo!

4

SE A VIDA ENCRENCAVA, o que acontecia frequentemente, Teixeirinha não pestanejava — passava o calote bonito no senhorio e mudava-se para outro quarto. A mudança, aliás, era simples, já que todos os seus pertences cabiam de sobra na descascada mala de papelão, imitando couro. Tafulhava tudo na mala e saía calmamente. Mandassem depois cobrar para ver o que acontecia... Nunca chegou a acontecer nada.

Agora, embora durma com Rizoleta todas as noites, continua com quarto alugado. Parece que está fixo. O dinheiro não falta e o quarto é melhor. É um pouco mais caro que os outros — oitenta mil-réis por mês — mas tem suas vantagens: entrada independente pela ladeira, chuveiro perto, sacada com vista para Santa Teresa, apanhando uma nesga da Glória e da baía. Muito arejado. Sente-se bem-alojado. A mobília é reduzida — cama com enxergão de arame, guarda-roupa com espelho na porta, uma mesinha e uma cadeira. Em cima da mesa a sua biblioteca. É um livro grosso e estranho. Não se sabe nem o título nem o autor, em virtude de faltarem as vinte primeiras páginas, omissão esta que, todavia, não prejudica a sua utilidade. Tem sido a luminosa fonte da inspiração carnavalesca do seu dono. Excetuando-se o enredo da Revolução, que brotou espontaneamente, o resto saiu daquelas páginas meio comidas pelo tempo e pelo uso, páginas que relatam, com numerosas gravuras e determinadas minúcias, a guerra de Troia, o rapto das Sabinas, a passagem das Termópilas (Teixeirinha lê Termopilas), os gansos do Capitólio, as aventuras de Teseu e cem outros acontecimentos da mesma espécie. As aventuras de Teseu, então, deram para um sucesso em regra!

*

Teixeirinha estica-se na cama, numa modorra gostosa de dia quente. Nem tirou os sapatos. Que preguiça!... A grade da sacada parecia renda. O barulho urbano chega muito diminuído, quase abafado. O ventinho fresco do morro agrada — tão bom... E o convento velhíssimo, engastado na encosta, ensombrado pela árvore gigantesca... Teixeirinha dorme. Dorme sem sonhos, roncando alto.

5

PARA TEIXEIRINHA, logicamente, não era negócio virar casaca, todavia viu-se obrigado a se passar de armas e bagagens para os Amantes das Flores, que era clube do mesmo bairro. Tudo porque, num inquérito da comissão de carnaval, três sujeitos chatíssimos que, desconfiados, deram para fiscalizar rigorosamente as despesas, fora interpelado a respeito da conta dos espelhos.

— Cinquenta, Teixeirinha?

Iam perguntar para que fim, naturalmente, mas ele saltou antes que o fizessem:

— Vocês estão pensando que eu enfestei?

O presidente conhecia de sobra o gênio do diretor artístico e acudiu, temeroso e arrependido:

— Que ideia, senhor Teixeirinha. Mas que ideia! Está-se a discutir o orçamento. Sempre...

Mas Teixeirinha, que achara conveniente azedar, senão se sujaria na hora das explicações, interrompeu-o:

— Pois que discutam quanto quiserem, se são cinquenta ou se são mil. Eu vou-me embora. Aqui não fico. E assim é melhor mesmo. Vou por bem. Fica tudo em palavras... — e teve um cambaleio de quem podia arrasar todos eles.

A comissão levantou-se:

— Mas, senhor Teixeirinha...

— É isso mesmo. O que disse está dito e não volto atrás. Não sou caranguejo nem siri. Vou-me embora — mentia: — Eu já andava com a pulga atrás da orelha sentindo gente na sombra tramando contra mim. (Houve protesto.) Um dia era uma história, noutro dia era outra... (Novos e veementes protestos.) Ia aguentando porque tinha amor ao clube. Mas agora não tem mais amor, nem meio amor. Ia embora. Estava com a caveira cheia!

Precisava ainda era atirar-lhes na cara o valor dos seus préstimos e atirou:

— Já me matei pelo clube. Muito! Quem foi que cavou todos os anos a ajuda da Prefeitura? Foi algum de vocês? Não! Foi aqui o papai. Quem conseguiu o prêmio do ano passado? — batia no peito: — Fui eu, com a ideia dum enredo sobre a vitória da revolução, quando vocês teimavam com a besteira do incêndio de Roma!

A comissão achatou-se com a lembrança:

— Ninguém está negando, seu Teixeirinha. Absolutamente. O senhor está misturando alhos com bugalhos. Ninguém está negando. Devemos...

Ele subiu a voz:

— E do outro? Foram vocês? E a taça de originalidade? Fui eu! E que ganhei com isso? — perguntava, atirando as mãos com desprezo.

A comissão trocava olhares, aturdida.

— Nica! Nica! Qual!... Estou farto e ensopado de Furrecas. Fartíssimo! Até o gogó. Tratem de arranjar outro. Não faltam bestas neste mundo.

6

ARRANJAR OUTRO, NA VERDADE, não foi difícil. Inácio Martins era novato, mas tinha bossa. Ficou com o encargo da organização. Seria oriental o cortejo — Salomão e as suas trezentas concubinas.

— Que tal, pessoal?

Alfredo Farad, que escrevia os tró-ló-lós para a imprensa, tinha lido, não sabia onde, que eram oitocentas. Inácio teimava. Levantavam-se dúvidas, mas Inácio venceu:

— Não se põe o número, que diabo! Vai só: Salomão e as suas concubinas.

Magnífico! O rapaz prometia. Alguns (poucos) lamentavam que o Teixeirinha... Enfim, estava tudo salvo. Houve, porém, mofina na seção carnavalesca do *Jornal do Brasil*, em forma de carta assinada por "um velho recreativista". Falava em cavação e incompetência, em amigo dos compadres e das muambas, invocava o valor dos novos elementos, "soberbas inteligências artísticas, que viriam cobrir de glórias o buraco dos medalhões carunchosos" e terminava com um aviso: "Olho nele, denodados foliões do Jardim!" (Jardim era chamada a sede dos Amantes das Flores.)

A carta, era mais do que claro, tinha vindo do próprio Jardim. Havia gente agindo na surdina contra o intruso — os despeitados por vê-lo entrar (ele, um antigo inimigo!) logo para diretor do Carnaval, barrando velhos e competentes defensores da sociedade. Mas Teixeirinha não viu o assunto desse modo. Mastigava em seco, fazendo justiça a seu Alexandre — do mondrongo não é. Não tem topete para isto. Pensou no Inácio... Não. O Inácio era bom rapaz. Mesmo pairava por cima, não ia inventar sarna para se coçar. Será do Alfredo Farad? Bem safado era aquele turco, mas... — esmurrou a mesa, furioso — fosse de quem fosse! — e resolveu:

— Vou fechar aquela espelunca!

Os amigos dos Amantes tentaram apaziguar:

— Não dê importância. Deixa a canalha! É mágoa, não vê logo?

Um deles era sibilino. Executava umas voltas com a mão magra no ar:

— Ora, você...

Mas Teixeirinha estava decidido. Entornou o parati na goela:

— Pague essa droga, Belisário!

E zarpou do boteco. Quiseram acompanhá-lo para o que der e vier. Foi teso:

— Nasci sozinho.

E sozinho foi. O porteiro, velho conhecido, viu a noite malparada quando ele entrou, de cara amarrada, empurrando sem cumprimentá-lo:

— Onde estão esses galinhas-mortas, Roque?

Pergunta inútil. Sabia perfeitamente que estavam lá em cima, na soarê frequentada das quintas-feiras. Subiu arrancando, acintoso, os enfeites de papel de seda da escada. A música parou. Teixeirinha se encontrava no meio do salão. As damas fugiam, espavoridas, ameaçando chiliques.

— Quem foi o calhorda que botou aquele troço hoje no jornal?

Houve um breve, desorientado silêncio. Teixeirinha insistiu, rodando o corpo esguio e malandro:

— Quem foi? Vim para lhe amassar as fuças.

Seu Alexandre avançou, prudente, as banhas suadas:

— Mas que propósito, seu Teixeirinha...

— Não quero conversa. Conversa comigo é na cama. Quero é saber quem foi — e lançou o insulto, pesado e coletivo.

Aí o rapaz apareceu. Não tinha nada com a questão. Nem pertencia à sociedade. Vinha ali às vezes, anônimo, largando os três mil-réis da entrada, para rebocar algum gado fácil para as suas necessidades de solteiro. Indignou-o tanta covardia. E cresceu na frente do bamba como o único homem que havia ali:

— Fui eu, patrício. Que é mais?

Teixeirinha caiu para trás, numa contorção elástica, e o rapaz rolou no chão com o pontapé na barriga. Levantou-se como um desesperado. A luz se apagou. Houve confusão, tiros, correria e a gritaria pavorosa acabou de acordar a rua. Os guardas-noturnos apitavam sem parar.

Não morreu ninguém, mas apareceram equimoses, cabeças quebradas e o encerador apanhou uma bala na perna. O salão, em pandarecos, foi fechado pela polícia. O rapaz eclipsara-se. Teixeirinha viu-se encanado entre outros. Tinha uma olheira roxa de pancada e mostrava-se calmo — fazer força contra a polícia naquela situação não era golpe de branco. Deixou-se levar. Ajeitava a roupa, escovando-a com petelecos, passava o lenço no olho que chorava. O prontidão gozou:

— Iam te chupando o olho!

Teixeirinha deu de ombros:

— É da vida, meu irmão. Cada olho tem seu dia. Ficarão elas por elas, deixa estar. Tempo é tempo — e com muita intenção: Marquei bem-marcada a cara do cujo.

*

Como o delegado acamara-se gripado, o suplente, recém-transferido, fez o interrogatório e, apuradas as responsabilidades, guindou Teixeirinha, mandando os outros em paz.

— Tirando carta de valente, não é?

Teixeirinha respondeu com pouco-caso "que já tinha" e a autoridade mandou metê-lo no xilindró. Era moço, bacharel e jovial:

— Você chegou mesmo na hora exata meu velho. — Rodou um olhar pela sala: — Isso aqui anda danado de sujo. Gosto de gente valente para fazer faxina...

Os guardas caíram num riso descomedido. Teixeirinha acompanhou-os, menos ruidoso e mais moleque:

— Antes higiene do que borracha.

E lá se foi conduzido para as grades. O suplente esticou-se na cadeira, apoiando os pés na escrivaninha, satisfeito com o sucesso da sua piada. Acendeu um cigarro, atirando o fósforo contra a parede. Os subordinados ainda riam: muito boa! Sim, tinha graça! E pensou na hipótese de aproveitar o seu humorismo nato escrevendo para teatro. Uma peça ligeira, de costumes, com diálogos irônicos, talvez uma revista com quadros um pouco picantes... Não sabia. Certo, era negócio. Dava muito, diziam. E cobre nunca é demais.

7

SEU LEOPOLDO, tesoureiro dos Amantes, só deu a cara no distrito às dez da manhã. Vinha suando, afobado, para prestar a fiança. "Que desculpasse, mas ninguém tinha dinheiro, o senhor sabe, assim de repente... Ainda se fez força para arranjar — não houve jeito. Tiveram de esperar mesmo. A Caixa Econômica só abria às nove. Também, viera voando. Que desculpasse."

Teixeirinha caiu na rua de sol, tapando o olho com o lenço. Seu Leopoldo, agarrado a ele, lamentava o ferimento:

— Que peso o seu, puxa! Uma porrada dessas. Não seria bom ir a um médico? Olhe, que pode ter ofendido a vista...

Teixeirinha fez um gesto irritado, que o diligente tesoureiro compreendeu mal:

— Eu também sou sujo com os médicos, seu Teixeirinha. Sujo! Uns tapeadores. Querem é o dinheiro da gente. Mas dele é que não tiravam. Quando ficava doente — era raro, muito raro, tinha saúde, graças a Deus! —, quando ficava doente, curava-se com homeopatia pelo espiritismo. Nunca falhara, falasse quem falasse! No seu caso talvez não aprovasse... Mas havia as mezinhas. Queria um conselho? Água com sal!

Não suportou mais a insistência do tesoureiro e foi brutal:

— Ponha você no rabo!

O velho esfriou, queimou, nervoso, um Petit-Chic com ponta de cortiça. Teixeirinha pediu:

— Passe um irmão desse.

Seu Leopoldo estendeu o maço a contragosto — que homenzinho mal-agradecido!... Era de pulhas daquele jaez que o mundo estava cheio. Mas caísse noutra que não haveria de ser ele quem o fosse soltar. Nem por um decreto! Caísse noutra! Safardana! Insolente! Desordeiro... Teixeirinha despediu-se sem agradecer o favor — passaria no clube à noite... E bateu para casa da amante. Rizoleta não dormiu, aflita. Fizera cena de madrugada, quebrando objetos, rasgando roupas, dizendo nomes, empombando com Suzane, chamando-o de cão para baixo. Que é que ele pensava? Quando viesse, havia de ver! Não mostrou nada. Quando Teixeirinha pôs o pé na porta, o olho machucado falava tanto que Rizoleta correu para ele chorando.

8

A PISADELA CUSTOU A SARAR. Estava feia de fato. Teixeirinha, furioso, entre injúrias, só pensava na forra. Haveria de chupar o sangue daquele safado! — prometia, jurando. Haveria de encontrá-lo.

Rizoleta consolava-o:

— Foi à traição!

E empregava as diversas receitas que sabia — compressas de alface tenra, vinagre de cheiro, alho socado, linimento Maravilha Curativa —, cobrindo-o de beijos e de carinhos.

Como não conviesse aparecer em público em tal estado (poderia haver dúvidas a respeito etc.) para não ficar bestando no quarto, mudou-se para o bordel, deliberação que alarmou as polacas. Passava os dias dormindo, jogando cartas, temperando o violão com muita visagem, num pequeno cômodo dos fundos, longe de olhares indiscretos. Rizoleta perdia-se ao seu lado. Recebia pouco, despedia fregueses semanais, dando desculpas:

— Não posso, meu bem... Hoje não, sim?

Lolote tinha receio, mas não dizia nada. Não se aventurava. Pensava só — no fim do mês é que queria ver! Rizoleta nem pensa que há fim de mês. Quando vier, logo se vê.

— Canta o *Tormento* — pedia, reclinando-se sobre a mesa bamboleante.

Ele abria o peito:

Mulher, o teu olhar maltrata tanto...

Não olhava para a amásia. Camisa aberta, mostrando o peito felpudo, o pescoço fino, a corrente com santinhos, olhava para o teto infestado de moscas. Ela é que o comia com os olhos, uns olhos enormes, pretos e vivazes.

Geni, Orlandina, Paulete, a negra Julinha de Todos, muitas, vinham atraídas pela voz do cantor. Rizoleta torcia o nariz:

— Que é que vocês vêm cheirar aqui?

Um dia embolou com a Julinha, que já vinha meio esquentada e não aguentou:

— Não vou comer seu homem, não. Fique descansada. Não gosto de bacalhau.

— Cachaceira!

— Cachaceira é a mãe, estuporada.

— A tua!

Gadunharam-se pelos cabelos. Caíram cadeiras. O cinzeiro rolou no chão. As polacas berravam. Teixeirinha apartou socando as duas. Ajuntou um povaréu na porta, querendo ver, querendo entrar. Veio o guarda. O guarda era frouxo. "Vai! Não vai!" Lolote engrolava queixas, defendendo a companheira, apontando a Julinha arranhada:

— Foi ela, seu guarda!

Ficou tudo por isso mesmo.

9

Quando Gumercindo chegava ao escritório, às oito e meia, já tinha lido de trás para diante e de diante para trás o *Jornal dos Sports* e, pelo dia adentro, não tinha outro assunto senão o conteúdo da rósea folha.

Saía do estoque, onde folgadamente funcionava, e ia ao arquivo, que era no segundo andar, mexer nos armários à cata dum papel qualquer. Puro pretexto. Queria era dar uma prosinha com o Ademar, que torcia para o Fluminense. Gumercindo é do Flamengo, até rachado.

— Qual, velhinho, o teu tricolor anda mauzinho mesmo. Não dá no couro.

Ademar, lourinho, cara de pombo, encontrava desculpa:

— É por causa da becança. Aquilo não é parelha de beques. É uma parelha de burros!

— E a linha, que é que ela vale?

— Não! — protestava. — A linha é boa.

— Que boa! Uns pernas de pau!

— Pernas de pau, uma história! Não há melhor.

— Uns feridas.

José não gostava de conversa-fiada na seção:

— Chega de futebol, gente. Pegue logo o que você quer, Gumercindo, e cai fora.

Gumercindo é malcriado:

— Cai fora, uma brisa! Converso quanto quiser. A boca é minha. Que é que você manda aqui?

Laíde, muito magrinha, atiçava:

— Eu, se fosse você, fazia queixa a seu Schneider de que o José não te deixa conversar direito...

A seção ri. Seu Schneider é o diretor-geral, muito severo, muito exigente e inseparável do charuto. Gumercindo tem vontade de dar nela — que peste! E, embalado, continua com mais outras impertinências, cheio de insolência:

— Aqui não há um melhor que o outro, sabe? Todos são iguais. Quem manda é o chefe. Você é chefe, por acaso?

José não era de discussões. Sorrindo, bate nas teclas da máquina, deixa-o falar grimpante. Se lhe desse um murro nas ventas, onde aquele magricela iria parar? Era forte, risonho, excessivamente calmo. Tinha horror a brigas e desavenças. Resolvia tudo por bem, com palavras e atos ponderados. Uma única vez na vida se excedera — na encrenca dos Furrecas. Ante tanta baixeza, tanta covardia, não se contivera. Era demais! Via nos olhos do homem um desprezo superior pela canalha que não reagia. Viu-o atirar o insulto duríssimo, quase com repugnância — era uma súcia de poltrões. Era demais, caramba! Sentiu-se atingido. Tomara o pontapé, pregara um soco seguro, pregaria outros, mas, apagada a luz, raspara-se. Não fora por medo do resto. É que a escuridão, tirando-lhe a imagem do adversário, como que lhe trouxera o calmo raciocínio habitual. Brigar era asneira. Sentia-se até arrependido. Bobagem... Agora tinha cautela. Os jornais falaram no "temível Teixeirinha do Estácio", desordeiro com uma boa conta de entradas na polícia. Não voltaria aos

Furrecas. Havia mil outros lugares para cavar mulher. Andaria por outros lados. Para que ter razões com um desordeiro, que nada tinha a perder?

*

José ganhava pouco e o lugar de auxiliar de escritório, que ocupava há cinco anos, evidentemente não tinha nenhum futuro definido. Mas, conformado e contente, ia vivendo sem revoltas. Julgava-se pouco inteligente, porque nunca dera para os estudos. Seria sempre, pensava, um degrau humilde para a subida dos que sabiam mais. Alguns sabiam tanto como ele, é certo. Mas eram os ousados, os enérgicos, os que tinham uma coragem que lhe faltava — a de usar toda sorte de meios para atingir determinado fim. Lisonjeiros, servis, mentirosos, intrigantes, aduladores, que importa? Eles eram humanos, eles defendiam as suas vidas, eles se impunham a qualquer preço. Reconhecia a superioridade, sem inveja. Acreditava em consciência limpa como desculpa para a sua timidez, para a sua passividade na conquista duma posição melhor. A honestidade do seu procedimento e a boa vontade para o trabalho, mais dia, menos dia, lhe trariam uma recompensa. Era esperar. Vinha o Natal, outros eram aumentados, ele ficava marcando passo no ordenado. Apertava a mão do chefe, sem rancor:

— Boas-festas, feliz ano-novo. Os chefes do alto veem mal. Um dia veriam. E esperava outro Natal. Como vivia com os pais, os trezentos mil-réis do ordenado iam dando de qualquer modo para se vestir e divertir-se modestamente. Quantos havia em piores condições do que ele? — consolava-se. Na companhia mesmo — quantos? O Aldo, por exemplo, era casado e tinha quatro filhos. Que milagres fazia com os seus trezentos mil-réis!

10

CORRERAM COM FRAGOR as pesadas portas de aço. É o sinal de fechamento do expediente. São cinco horas e a luz da tarde ainda tem um vigor de dia pleno. Baltazar convida, descendo a escada eternamente escarrada:

— Vamos a um chope?

José tenta recusar, mas não acha uma escusa razoável:

— Vamos.

Baltazar travou-lhe o braço. É um vício que tem. Não sabe conversar sem se pendurar no interlocutor. (Por causa disso puseram nele o apelido de "Carne em açougue". Num outro funcionário, gordo e de pernas e braços curtos, pespegaram o de "Porco em pé".) Magro, boca rasgada, face terrosa e ossuda, é uma dupla personalidade. Entrado em anos, no escritório é infatigável, o burro de carga da seção. E a atividade e a noção de responsabilidade, que manifesta no trabalho, fazem-no severo, duma rispidez que frequentemente se confunde com a grosseria. Na rua é outro — desmanchado, loquaz, muito gentil, fazendo questão de pagar todas as despesas. Tem um fraco — a política, e o que entende por tal é manter-se numa oposição sistemática, com epigramas mordazes aos que estão no poder. Para ele, três revoluções diárias ainda seria pouco; quatro horas que uma facção dominasse o poder era tempo bastante para desgostá-lo — não era o que ele pensava... E apontava erros, injustiças e roubalheiras — uma súcia!

— Você leu o último decreto desse animal?

José nutria uma indiferença instintiva por tudo quanto se relacionasse com política, razão por que, embora apreciando o colega, reconhecendo as suas qualidades e defendendo-o das injustiças dos companheiros, procurava sempre escapar-lhe, visto que Baltazar não tinha outro assunto para conversar. Você leu o último decreto desse animal? Não. Não havia lido. Baltazar deu-lhe um puxão no braço preso, encostou-lhe a boca no ouvido:

— Pois leia. Leia e me diga se não é realmente dum perfeito animal. Fechar os patronatos agrícolas como inúteis. Os patronatos, imagina! Como inúteis!

Afastou-se um passo para gozar o efeito da sua revelação. O efeito não foi sensível. José ignorava na verdade a utilidade de um patronato agrícola e disse, simplesmente, desinteressadamente — que era mau. Mau? Era péssimo! Quem dizia era ele, Baltazar. Péssimo! Um absurdo! Um crime! Um legítimo crime de lesa-pátria! (Pedidos de esmolas assaltam os passantes em cada esquina. Passava a morena, a loura, outra morena — deliciosíssimas! José se perdia extasiado com as formas provocadoras de raparigas que nunca mais veria, lindas e anônimas formas que seriam de outros, que talvez já pertencessem a outros, outros homens ignorados...) Era o cúmulo da estupidez! Fechar os patronatos, reservas de futuros agricultores, agricultores adiantados, progressistas, científicos, digamos, num país de agricultura primitiva, rotineira e que somente na agricultura poderá encontrar a salvação.

José, que compreendeu o fim, arriscou:

— Não acha que na indústria também? Já temos alguma...

— Alguma? Oh! — riu, dobrando-se para trás, num esgar. — Você está brincando! Não temos nenhuma! Absolutamente nenhuma! Tudo fictício. Uma blague! Uma blague! — repetia com convicção.

José apanhava aereamente as razões. Matéria-prima, maquinaria, técnicos, quase tudo vinha de fora, florescendo à sombra de leis protecionistas. E mesmo que quiséssemos criá-la, não poderíamos. Cairíamos nas indústrias de cacaracá como aliás estava acontecendo. As outras, as grandes indústrias, aquelas que libertam um país — e o indicador subia como uma hélice no ar — serão impraticáveis. Falta-nos o principal — combustível. Nosso carvão é pouco e é ruim. Pior que o japonês. À flor da terra. Falta-nos o petróleo. Sem fogo não se esquenta a panela. Não se esquenta. Temos as quedas-d'água, dirão. É o nosso grande substitutivo. Aproveitá-las, sim, seria, seria ótimo! Parece lógico que devemos fazê-lo imediatamente, mas não é. Há sempre o "mas". (O "mas" tinha trinta aaa em pianíssimo.) O "mas" é que é preciso capital, vastos capitais, e nós somos pobres. Paupérrimos! Nosso capital é quase todo estrangeiro. Nove décimos. É preciso pôr um dique. Senão, nós que já não somos livres acabaremos escravos. (Escravos daqueles olhos ásperos, daqueles olhos de pestanas rígidas pelo rímel, escravos da quentura daqueles braços roliços...) Escravos, meu amigo! O recurso, o caminho, a única salvação era o campo. Criação da nossa fortuna pelos nossos meios naturais. Reação contra o estrangeiro voraz com os nossos recursos próprios, os elementos de que sempre dispusemos sem utilizá-los, os elementos que felizmente nunca nos faltarão. Baltazar, vermelho, alteou a voz: — Plantar, cultivar, criar, eis o dilema! Nossos campos são infinitos — abria os braços — infinitos: (José ouvia agora, interessado pela eloquência de Baltazar, admirando-lhe o entusiasmo, a sinceridade, a extensão dos seus conhecimentos.) Dominaremos o mundo! Seremos o celeiro do mundo!

O jornaleiro apregoava as folhas, abrindo a boca de dentes falhados:

— Greve no cemitério! A falência do Banco da Miséria. Olha a quarta d'*O Globo*! Quem não sabe ler, vê figuras.

Baltazar fez um comentário ao espírito brincalhão do carioca (era nortista):

— Não leva nada a sério.

José esteve a ponto de perguntar para quê, mas Baltazar arrastava-o para uma mesinha do bar, na esquina. Era uma mesa ao ar livre, com cadeiras de vime.

— Aqui se está melhor. Mais fresco.

José aprovou tacitamente. Baltazar, refestelado, voltou ao tema interrompido para arrematá-lo com um tom côncavo e profético:

— Esmagaremos o mundo!

José não percebia bem como, mas sentiu, num arrepio patriótico, o orgulho de ser brasileiro. Esmagaremos o mundo! O Brasil, para ele, era o Rio, a sua cidade. Via-a num turbilhão de vidas apressadas, furada por mil metrôs, compacta de arranha-céus, que era o que entendia por progresso.

Vieram os chopes. Os pardais chilreavam nas árvores próximas. Os ônibus lerdos, se enchendo de passageiros, atravancavam a avenida e o povo acotovelava-se nas calçadas, passando, ininterrupto, como a corrente dum rio sem fim.

Baltazar limpou o bigode que a espuma branca fizera, deu um estalo entendido com a boca e encarou o companheiro como se esperasse dele uma palavra. José sentiu a obrigação de puxar um assunto:

— Muito serviço?

— Sim, tenho andado apertado. Bastante apertado — bebeu outro gole: — Talvez até para a semana seja obrigado a fazer serão para pôr a papelada em dia.

— As vendas têm melhorado bem.

— Sim, têm. Aliás, era de esperar. Nossos artigos são realmente bons. Têm de se impor. O diabo é que eu ando esfalfadíssimo.

— Mas você não tem férias este mês?

— Tenho. Mas de que me adiantam, se não tenho recursos para passar uma quinzena fora, num outro clima mais puro, na serra, como eu preciso, como, aliás, todos nós precisamos? — fez uma pequena pausa e deflagrou: — A nossa lei de férias, como toda a nossa legislação sobre o trabalho, é macaqueação do estrangeiro, mas pela metade, meu caro, cretinamente pela metade. Um cavalheiro, que em qualquer parte do mundo seria gari ou relapso servente de repartição, aqui é premiado com uma pasta de ministro. Faz reformas, dita leis, é considerado administrador, estadista. De gente assim, com cérebro de peru, hábitos de macaco e dentes de rato, que se pode esperar senão esta salada incrível de asneiras, de cópias malfeitas do que há lá fora? Tudo é feito pela metade, pela terça parte, cegamente, sem um grão de inteligência e de bom-senso. Todas as nossas leis são leis-de-ouvir-dizer, leis-apanhadas-de-ouvido. Leis de férias... Até dá vontade de rir... O sujeito já vive mal, já vive com dificuldades, porque os nossos vencimentos são ridículos. Na Argentina, que é aí pertinho, cargos como os nossos, por exemplo, são pagos duas vezes mais. Ganhamos mal, não podemos dispor de dinheiro, é lógico, para sair do Rio com decência e proveito. Digo mais: não podemos sair dos nossos bairros. Os hotéis são caros. Se moramos na Tijuca, não nos é possível passar alguns dias na praia, tomando banhos de mar. É proibitivo. Só para ricos. E temos férias obrigatórias de 15 dias úteis!... São 15 dias que passamos em casa, chateados, dormindo, estupidíssimos, cheios de maus pensamentos, cheios de inveja, mal-estar e revoltas. Nossa lei de férias, para 99% — pois 1% somente dos nossos empregados ganha para se dar ao luxo de arrostar o preço de duas semanas fora com a família —, só tem uma finalidade. E uma finalidade negativa: gerar a preguiça, estimular a preguiça, prestigiar oficialmente a preguiça — fez uma pausa, de quem tem a garganta seca, e perguntou: — Mas não é mesmo?

— Você tem razão.

— No entanto, se há lei justa, racional, necessária, é esta, meu caro. Mas bem-traçada, compreende? Com a organização de Caixas de Férias, com a criação de colônias de férias, a preços vários, mas sempre módicos, em climas saudáveis, em localidades com fontes de água mineral. Com a fundação de balneários. Aqui no Rio mesmo podiam-se fundar balneários na Ilha do Governador, na ilha de Paquetá, ou nas praias desabitadas da Gávea, Barra da Tijuca etc., com lucro duplo, pois isso ainda viria favorecer o progresso de zonas até então abandonadas. Quem vivesse o ano todo nos subúrbios, durante 15 dias recuperaria as forças, fortaleceria a saúde, recrearia o espírito rotineiro, ao sol das praias, nos banhos de mar, nos esportes aquáticos. E ainda...

Mas acendiam-se as luzes. Baltazar deu um pinote:

— Nossa mãe, que horas! Tenho um cunhado para jantar. Já deve estar lá me esperando.

José fez menção de tirar a carteira. Baltazar tomava como ofensa. Era muito da família, tratava os filhos como irmãos mais moços. Saiu voando.

11

MENDIGOS ESTENDEM AS MÃOS imundas, mostrando chagas, andrajos e deformidades. Mendigas dão maminhas mirradas a esqueletos de crianças. Inválidos, cegos, aleijados, portadores de elefantíase, suspeitas caras de leprosos, há mendigos nas esquinas, nas soleiras, no portão dos cemitérios, nos degraus das igrejas, à porta dos restaurantes, dormindo no sopé das estátuas e nos bancos das praças. Há tantos mendigos e falsos mendigos como há pardais. E há a Comissão de Turismo, convidando o mundo, com maus cartazes, para conhecer as belezas naturais da capital maravilhosa.

(Baltazar sofre muito.)

12

ENCONTRARAM-SE PELO meio da tarde no jardim de poucos bancos e extinto repuxo. Era sábado, José estava de folga. Ela chegou apressada, sapato sem meia, vestido velho de filó. Fora uma fugidinha só. Não podia demorar. Dissera à mãe que ia telefonar para a Zuleica da farmácia... Mesmo, pensava, não era negócio encontrar-se com ele ali na rua, não.

— Por quê?

Não tinha nada que saber. Não lhe convinha, estava acabado. José tremia, desejoso, vendo-a assim à frescata, o cabelo despenteado, os braços nus, a carne querendo fugir pelos buraquinhos do tecido.

— Então, como vai ser?

— Ora, seu conquistador, é muito fácil. Se você tem interesse, vai lá em casa.

— Mas tão cedo assim...

— Eu estou dizendo muito claro: se você tem interesse...

José riu, prendendo a mão quente, um pouco áspera, que se despedia. Ela lutava:

— Me deixe! Estou com pressa.

— Então é assim, não é?

— É assim, sim. Mas me deixe, José. Deixe de ser enjoado. Tenho que ir, já disse. Não posso ficar mais. Nem um minuto.

Largou-a com um sorriso de ternura:

— Tenho interesse, sim, sua apressada. E vou hoje mesmo, posso?

— Hoje? Pode.

— Você me espera mesmo? Olhe lá!...

— Por que você duvida? Espero, sim — e riu: — Mais firme que o Pão de Açúcar!

— Às oito, está bem?

— Está.

— Pois então até logo.

Ela voltou-se, num sorriso brejeiro:

— Mas com uma condição... — e ameaçava-o com o dedo.

— Já sei. Raspar o bigodinho antipático.

*

Foi. A noite estava muito calma e muito azul. Sussuca aguardava-o preparada no portão. Fez uma mesura fidalga:

— Boa noite, rapazinho de palavra. Pensei que não viesse...

— Não sei por quê. Me acha, por acaso, com cara de caloteiro?

— De caloteiro, não. Nunca achei. Nunca! Acho com cara de outra coisa...

— De quê, meu bem?

— Ah! é segredo... — e gargalhava.

— Sério? Olha, que assim você me encabula...

— Você?...

— Eu sou muito acanhado...

— Eu sei... Com *c* cedilhado — tomou-lhe a mão, arrastou-o. — Vem cá para dentro.

José não queria:

— Para quê? Aqui se está tão bem, Sussuca...

— Está o quê! Frio constipa.

— Que frio?!

— Vem — e sorrindo — mesmo você precisa conhecer mamãe...

Conheceu Sussuca numa festinha de aniversário em casa dum amigo. Tão simples, tão alegre, tão delicada, gostara dela, pegara-se a ela. Perderam-se na varanda uma parte da noite. Fazia uma noite linda.

— Não acha?

Ela achava todas as noites iguais. Por quê? Era segredo. Tinha muitos segredos. O vestido escondia os pés. Apoiava-se no peitoril, os braços nus, as espáduas nuas, os olhos moles, um ar de ave cansada, tentadora.

— Poderia vê-la?

Ela não respondeu. Olhava o céu. A valsa é triste. A lua boia.

— Sábado, está combinado?

Era quinta-feira. Ela, rodopiando nos compassos dum último *fox*, ofegante, duvidando, prometeu que sim.

*

A mãe apareceu, gorda, num andar de pata, enxugando as mãos no avental de xadrezinho. Tinha muito prazer em conhecê-lo! Desculpasse por não lhe apertar a mão. Tinha a sua molhada. Estava na cozinha. Deu-lhe o punho. Sussuca corou, explicou:

— Não temos empregada.

Dona Nieta desculpava-se mais: não reparasse na casa, era casa de pobre. Tinha uns olhos bondosos, uns modos simplórios. Iria fazer um cafezinho.

— Muito agradecido, minha senhora. Não se incomode.

— Não. Não é incômodo nenhum. É um prazer. Ou prefere um licorzinho?

Aceitou o café. Dona Nieta sumiu:

— É um minutinho.

O minuto custou meia hora. A sala era modestíssima, desguarnecida. As paredes quase nuas. O Coração de Jesus e os retratos a *crayon*. Um era da mãe, logo se via. O outro era do pai. Grossos bigodes, colete branco, um ar sensato, morreu num desastre de automóvel, deixando-a com dez anos. Era dono duma loja de ferragens na rua da Passagem, logo no princípio, um sobradinho amarelo...

— Não sabe?

José sabia — logo depois da farmácia, um sobrado de sacadas de ferro com duas portas estreitas.

— Pois é. Antigamente era cinzento com as portas azuis. Mas a mãe não entendia do negócio e o sócio do pai, também português, passou-lhe a perna lindamente. Vai daí, a mãe vivia de costuras, pois o advogado virou, mexeu, comeu dinheiro e não arranjou nada. Ela ajudava. Tinham dificuldades, precisavam de ter muita cautela, muita economia, mas podia ser pior.

Contava com naturalidade e uma ponta de tristeza. Abancaram-se no sofá gasto de palhinha. Ele chegou-se muito. Ela repeliu-o com meiguice:

— Deixe de maluquice. Não. Não. Olhe mamãe.

— Mas, querida...

Acabou consentindo:

— Impossível!

13

ZULEICA, ZULEICA, a fluídica Zuleica é a grande amiga de Sussuca. Com ela é que Sussuca se abre, quando o coração está mais cheio e é preciso desabafar. Nela é que Sussuca tem confiança. Dela é que Sussuca pede auxílio e proteção nas horas difíceis. A amizade vem de longe, dos bancos da escola mista, onde Sussuca era uma figura gordinha e apagada e onde Zuleica era a eterna requestada dos corações juvenis, a fatal causadora dum número infinito de castigos.

Sussuca admira em Zuleica a beleza, a vivacidade, a presença de espírito, a lealdade, a franqueza até rude e perdoa-lhe tudo que reprovava nas outras — a elegância exagerada, com o fim de mostrar o corpo, a liberdade absoluta, o namorismo desenfreado. Zuleica prezava em Sussuca a passividade, a doçura de sentimentos, a ingenuidade que conserva, apesar de tanta coisa que ela, Zuleica, nunca fez segredo para a amiguinha. Por vezes reprova o recato:

— Você é boba.

Boba por não dar os golpes que ela dá, por não fazer o que ela faz com os namorados de um dia. Zuleica é mais moça, tem 17 anos e é um poço de experiência.

— A vida é para gozar. O amanhã é muito vago, querida. Você é uma boba.

Diz isto e muito mais que isto, mas seria incapaz de corromper Sussuca. Dizia por dizer, pelo prazer de falar em assuntos picantes. Sussuca ria — deixasse ser. Cada um como Deus o fez. Nascera assim, como poderia mudar? Agora tem um amor. Escusado dizer, Zuleica vê. Toda Sussuca diz que ela tem um amor. Vê e aconselha:

— Cuidado... Você é boba.

Tem medo de que a amiga sofra desilusões. Temperamentos como o de Sussuca foram feitos para sofrê-las. Tão ingênua que ela é...

— Cuidado. Não se entregue...

— Que ideia, Zuleica!

— Não se fie...

Sussuca segreda levemente encabulada:

— Quer casar comigo.

Zuleica parou de mascar a goma de hortelã:

— Já te disse isso?

— Não. Não tinha dito ainda. Mas ela adivinhava, sabe? Uma coisa dizia a ela...

Zuleica teve um ar de sarcasmo:

— É o instinto... — e condenando risonha: — Não te fies, criança. Por causa do instinto tenho lido muito suicídio nos jornais.

14

O MANGUE ESTEVE EM PÉ de guerra. O fuzileiro naval não ia assim com dois arrancos, não. Era duro, agilíssimo.

— Sou pernambucano! — gritava, brandindo a faca-punhal. — Pernambucano coroado!

Acertou um, acertou o segundo, picou um terceiro na altura do peito, deram o primeiro tiro. A fuzilaria pipocou. O mulherio gritava desesperado. Veio o esquadrão de cavalaria tirando fogo das sarjetas. Houve correria, pois os soldados trunfavam de sabre sem olhar a quem, e um fechamento rápido e medroso de portas e janelas. O tiroteio durou meia hora. Veio o tintureiro, veio a Assistência e a escolta do Exército para policiar a zona. Veio a calma, afinal. A noite era serena, fresca, muito estrelada. Morreram dois homens que não participaram do conflito e houve 11 feridos.

Quando Teixeirinha chegou, Rizoleta comentava:

— Foi um fecha, meu nego, daquele jeito!

Que fossem para o diabo! Daquele jeito tinha sido o prejuízo que ele tomara no Eletrobol. Saíra liso de lá! Fizera conta de ser barbada e afundara em quarenta bagarotes. Quarenta bagarotes! Estava safado: marmelada grossa. Cambada de ladrões! Não se conformava, se descompunha:

— Que burro! que otário! que pato!

A mulata não compreende tanta raiva. Dinheiro para ela é besteira, mixaria, troço feito para perder, para gastar.

— Você até parece polaca...

Lolote, Frida, Suzane, todas elas não gastavam, não saíam para passeios, não compravam nada, não se divertiam. Tinham os seus homens, mas não era amor. Era outra coisa! Amor era pelas notas. Não perdiam tempo, que os dias eram curtos. Ganhavam, armazenavam. Ganhavam, armazenavam. Possuíam cadernetas nos bancos se enchendo. Um dia, sim, voltariam para as suas frias aldeias europeias. Lá haveriam de viver das próprias economias, gordas, consideradas, invejadas, sem o trabalho de atrair fregueses, livres da lide insana do Mangue, talvez placidamente casadas.

15

Os Amantes das Flores atravessavam uma crise difícil. Havia cisão entre os sócios. Não aparecia o nome do Teixeirinha como motivo. Os dissidentes davam outros — abusos da diretoria, a intolerância dela, manifestando-se contra a anistia aos associados em atraso, a incapacidade do conselho fiscal etc. etc. A verdade, entretanto, é que era por causa dele. Foram apuradas rigorosamente as suas malandragens nos Furrecas, descobriram que lesava o clube com pedidos de dinheiro adiantado para despesas que não existiam... Um patife! Um larápio! Seu Leopoldo, vingativo, cavou no queijo por detrás. Pela frente apoiava a diretoria a que pertencia.

A diretoria, temerosa, venceu na sessão extraordinária convocada, lançando mão de um truque com a interpretação tendenciosa dos já lacunosos estatutos — o voto não seria secreto, seria nominal. Raros tiveram a coragem de se mostrar abertamente descontentes e não houve outro caminho para os derrotados — abandonarem o clube. Prometiam fundar outro, bem defronte, fazer, acontecer. Não passou de palavrório. Distribuíram-se pelas várias sociedades da zona. O Carnaval estava perto. Teixeirinha ficou absoluto.

16

A AVENIDA É O MAR dos foliões. Serpentinas cortam o ar carregado de éter, rolam das sacadas, pendem das árvores e dos fios, unem com os seus matizes os automóveis do corso. "Sai da frente! Sai da frente!" — o grupo dos cartolas empurra para passar, com a corneta que arrebenta os ouvidos. O chão é um espesso tapete de confetes. Há uma loucura de pandeiros, de cantos e chocalhos.

Sussuca vai pelo braço do namorado, espremida, ouvindo graças, comendo confete. "Comeu! Comeu! Fecha a boca, bobo!" Dona Nieta acompanha-os, perdendo-se a cada instante.

— Nós acabamos indo sem a senhora para casa, mamãe.

— Não se importem comigo, filhos, que eu não me perco. Vão tocando pra diante sem susto, que eu vou seguindo. Não sou matuta, não.

— Eu sei!... Sentido nela, José.

— Estou de olho!

A multidão se sacode, sua, vermelha, rouca, feliz. Há o som dos reco-recos e das matracas. Há o berreiro dos cordões improvisados nas calçadas. Cantam no calor descomunal:

Queria te ver no inferno
sem ventarola...

— Vamos parar aqui?

— Vamos.

É uma esquina divertida. O estudante, de guarda-pó branco e seringa de borracha, faz prodígios de humorismo à custa dos que passam no corso:

— De quem é o enterro?

O homem, que vai solitário e sério sentado na capota, não gostou da brincadeira. Curva-se para dizer de quem é. Diz baixinho. O estudante faz uma cara piedosa:

— Pobre órfão...

A risada é vaia para um e aclamação para outro. O carro avança. O estudante, animado, prossegue troçando:

— Esqueceram do papagaio...

Do automóvel com vinte pessoas ensardinhadas, vem uma voz feminina:

— Não pôde vir. Está doente.

E eis que surge a questão. A gigolete repele decididamente o marinheiro americano:

— Cai n'água, enxerido!

— Deixa de orgulho, princesa.

— Desinfeta logo, senão eu chamo meu irmão, seu bêbedo!

Está bêbedo na verdade o marinheiro e força com a pertinácia dos bêbedos. É o amigo, meio apache, meio espanhol, que o arranca:

— Isso não dá futuro, Maurício. Vamos embora.

Ele resiste. Quer ver a cara do irmão. Quer ver! O companheiro puxa-o pelo braço, impaciente — é o que dá sair com paus-d'água. Ele finca o pé, volta: não chateia! A gigolete ameaça-o com o tubo de lança-perfume. Podia dar em barulho. José propõe outro lugar — a porta do *Jornal do Brasil*, que é um ponto muito bom:

— Quer ir, meu bem?

— Sim, é melhor. As coisas aqui estão querendo ficar feias.

Foram, lutando contra a multidão. O cordão de caixeiros vem pisando e machucando gente:

Quebra, quebra, gabiroba.
Quero ver quebrar.

Alguns tentam resistir ao ímpeto, os caixeiros continuam empurrando, chovem os protestos — "Cutrucos! Massa-bruta! Ó animais!" A criança berra. Estoura o lança-perfume.

— Ui!

José dobrou-se sobre Sussuca que tremia:

— Que foi?!

— Nada.

— Você está ferida.

— Não! Não estou.

— Olha o sangue! Dona Nieta! Dona Nieta!

A velha acode. O sangue escorre do braço, vivo e abundante, salpica a saia. O homem desculpa-se, humilde, com o boné na mão:

— Senhorita... Senhorita...

Não dizia mais do que isso, gaguejando. E a roda formou-se logo, de pescoços esticados — que foi?! que foi?!

— Não é nada.

José ensopava o lenço, comprimindo fortemente o ferimento. Dona Nieta procura lenços na bolsa, afobada. O homem sumiu. Sussuca gemia:

— Não foi nada.

— Querida.

As cabeças se ajuntavam mais, mais, num círculo inútil e sufocante. Sussuca perdia as cores, agarrava-se ao namorado. Outras mãos a socorrem.

— Chamem a Assistência! — gritam.

— Não! Não é preciso! Abram! Ar! Mais ar!

E o corso movimentava-se vagarosamente com estampidos de motores. Crianças cantam em falsete, encarapitadas nas capotas. Os pierrôs são negros com grandes golas róseas. As ciganas descem do carro para dançar no asfalto. Serpentinas vêm se desmanchando num zumbido. José pedia alto um automóvel. Informaram que só na rua Uruguaiana. Aí o gerente do cinema apareceu e, muito solícito, careca reluzente, abrigou-os na sala de espera, onde se sambava e cantava ao som do choro afinadíssimo. Arranjou cadeiras, foi buscar água:

— Um pouco de vinho do Porto, quem sabe?

— Muito obrigado!

O sangue estancou afinal. José estava branco como papel, mais branco que Sussuca. Ela sorriu fraco:

— Não foi nada, querido. Já passou.

— Não foi, mas podia ser. Que susto!

Dona Nieta, que até aí perdera a fala, foi um eco:

— Que susto! — e sentou-se, abanando-se.

— Você não acha que devemos ir embora?

— Não. Vamos ficar. Está divertido. Não está gostando?

— Estou, sim. É por você que eu falo. Não está sentindo nada?

— Não, querido. Estou boa. Foi um cortezinho à toa.

— Mas como saiu sangue, livra!

Sussuca perguntou baixinho:

— Estava com medo que eu morresse?

— Como?!

Mas o rapaz de macacão de zuarte esbandalhou-se ao lado deles, estrompado:

— Frouxei, minha gente!

Continuavam, lá fora, os cordões animadíssimos. Vinha a morena na frente, solando, rodando como um parafuso sobre as chinelinhas de veludo menores que o pé. "Segura esta, seu Fagundes!..." — gritou o mulato de fraque e tamancos, e a voz do clarinete quase sumia, numa nota aguda que não tinha fim. Era o sinal do coro:

Quando eu morrer,
não quero choro, nem vela.
Quero uma fita amarela,
gravada com o nome dela.

A morena suspendia a saia rodada, entrava num grito invencível:

— Todo o mundo!!!

E todos acudiam, repetindo com mais força:

Quando eu morrer,
não quero choro, nem vela.
Quero uma fita amarela,
gravada com o nome dela.

Roncava a cuíca, surda, triste. Batiam os tamborins. Gritavam os trombones. Os cavaquinhos destacavam-se repinicantes. E ela saía rodando, rodando, suspendendo mais a saia, mostrando as pernas, rodando...

Estavam de mãos dadas, muito unidos, num embevecimento, enquanto a agitação fervia à volta. Ele encostou mais o rosto:

— Está gostando mesmo?

— Estou — respondeu Sussuca, mansa, lânguida.

— Quer alguma coisa? Um refresco, um sanduíche... Está tão quente...

— Quero é que não saia daqui — e apertou-lhe a mão com força.

Ele correspondeu à apaixonada pressão:

— Sim, querida! Sempre ao teu lado.

Ela afundou os olhos nos olhos do namorado. Dona Nieta abanava-se com a ventarola-reclame, puxando conversa com as pessoas ao lado — a senhora de saia e blusa tinha uma filha, casada, parecidíssima com Sussuca — era o seu retrato! A portuguesa, que morava em Quintino, estava com os pés doendo, sofria muito dos pés, só viera por causa dos netos, coitaditos, que a nora não se importava com eles... Houve uma rápida debandada do povaréu. José esticou o pescoço:

— Chuva, meu bem. Cada tostão...

Parecia que Sussuca despertava de um longo sono:

— É.

Pingava grosso. Os toldos abrigaram os mais prudentes. O aguaceiro desabou, com estrépito, mas a folia persistiu. "Ela passa! Ela passa!" — gritavam. Cantavam, batendo o pé para marcar o compasso — "Ela passa! Ela passa!" Outro grupo rompeu adiante, marcando mais forte: — "Foi você! Foi você! Foi você que mandou chovê!" O coro aumentou logo: — "Foi você! Foi você!" Cresceu mais, abafou tudo — "Foi você que mandou chovê!" Mas dez minutos depois a multidão, num delírio, já urrava outra moda de forçada rima:

São Pedro, não seja mau.
Guarde esta chuva pra depois do Carnaval.

E, ora mais forte, ora mais fraca, a chuva caía sempre. Fantasias largavam tinta. Com os pijamas encharcados, a turma de rapazes apareceu atraída pelo chorinho incansável, que enfuleimara decididamente. A roda rodava num tropel:

Foi Deus quem te fez formosa.
Formosa, ôôôi, formosa...

— Pode entrar?

Se podia. E abriram a roda.

— Oba!

Os intrusos eram do demo! Pareciam tomados por um espírito. Pulavam como loucos, cantavam como possessos:

Porém, este mundo te tomou
presunçosa, presunçosa.

— Você não quer brincar um pouco? Vai que eu fico espiando.

José olhou-a, desconfiado:

— Que ideia!...

Sussuca não insistiu. José, no fundo, sentia vontade. Desejaria participar daquela barulhenta e inconsequente alegria.

Sempre fora carnavalesco. Mas um sentimento desconhecido fazia-o passar aquele ano como simples espectador da alegria alheia. Não fora a nenhuma batalha de confete, e tinham sido colossais. Na véspera (era domingo), fora da namorada para a cama, como de costume. Sussuca não quisera sair e, despedindo-se no portão, insinuara:

— Agora você vai para a farra, não é?

Negou com sinceridade. Iria dormir. Estava cansado.

— Eu sei!...

— Eu não minto, Sussuca. Se estou te dizendo...

— Jura?

— Preciso jurar, meu amor?! Que é isto?

— Não. Não precisa. Não vê que estou brincando? — mudou de tom: — Amanhã nós iremos à cidade dar uma volta. Está feito?

— Como você quiser.

Sussuca concebera o ingênuo plano num segundo. Queria ir à cidade somente para ver como José se portaria. Duvidava que, carnavalesco como sabia que ele era, fosse para a cama como dizia. Iria era para a brincadeira, para a farra. Mas haveria de saber. Indo à cidade, experimentá-lo-ia. Pretextando cansaço, mandá-lo-ia brincar. Se ele fosse com ela presente, imagine sozinho!

Houve uma estiada.

— Vamos aproveitar — propôs José. — É tarde já. Passa das duas e meia e daqui até em casa é um bom pedaço.

— Vamos, querido.

Dona Nieta despediu-se dos novos conhecidos, dando endereço, oferecendo os préstimos. Foi difícil, mas sempre conseguiram lugar no bonde com dois reboques.

— O banco está molhado, meu bem.

— Não faz mal.

— Faz, sim. Senta aqui que é melhor.

Equilibraram-se nas costas do banco. Dona Nieta, como barata tonta, acabou separada, lá na frente, junto ao motorneiro, num bolo de baianas. O veículo ia a passo de cágado como se não quisera jamais chegar ao seu destino. Os balaústres sustentavam pencas de foliões. Todos cantavam, marcando o compasso com a campainha:

Não paga o bonde,
Iaiá.
Não paga o bonde,
Ioiô.
Não paga o bonde,
que eu conheço o condutô!

Mas o condutor, molhado como um pinto, em complicada ginástica, ia cobrando as passagens, chocalhando a mão cheia de níqueis, trocando ditos, marcando, no relógio, quando muito, metade do que recebia.

— Se você fosse brincar, sabe o que acontecia? — falou Sussuca. — Nunca mais me veria!

— Quê?!

— Isso mesmo.

José passou-lhe o braço pelas costas, apertou-a:

— Bobinha.

Ela jurava por tudo que era mais sagrado — nunca mais!

17

TEIXEIRINHA PROPÔS um enredo custoso — *Orgia romana* —, 150 figuras, sem contar os músicos a caráter, três carros de guerra, bandeiras, troféus, e mais isso e mais aquilo, em suma, um troço imponente, um troço de abafar a banca! Se propusesse outro mais modesto, dava no mesmo — os Amantes das Flores não saíram à rua por falta de fundos. A frequência do salão, com a debandada que houve, a bem dizer era nula. Uns dez gatos-pingados, se tanto. Verdadeiras vazantes. Apelaram para o livro de ouro. Deu uma miséria. O comércio do bairro se queixava de maus negócios, agravados pelos mil novos e escorchantes impostos municipais e federais. Lamentava, mas não podia assinar. As pastorinhas que restavam acabaram por desertar. O Chuveiro de Amores, que andava na ponta por causa do novo presidente, copeiro de um ministro, chupou-as com a promessa de um cortejo monstro — *Brasil gigante* — que antes de sair já estava arreliando a macacada rival. Teixeirinha amargou o azar. Sociedade mambembe, sem diretoria, sem amor ao pavilhão — cambada de caras-sujas! Invectivas à toa. Moral é bonito, mas um préstito não se faz exclusivamente com entusiasmo. É preciso dinheiro, e a sociedade não o tinha. Roía-se de raiva por não ter podido avançar no cobre.

Pela primeira vez, depois que se dedicara ao recreativismo, passava um carnaval com o bolso vazio. Ajeitou-se foi com Rizoleta mesmo, que se fantasiou de baiana e desacatou alto na praça Onze, formando, por adesão na hora, no bloco Tem Fé no Meu Santo, com batidas de chinelo, parafusos, requebros e saracoteios de sarapantar.

O dia em que ele mais gozou foi na segunda-feira, quando viu os Furrecas. Viu-os de madrugada, por um acaso, na Lapa, quando, de lanternas apagadas, calados os instrumentos, o estandarte recolhido, voltavam da avenida. Vinham murchos, em passo de enterro, desmantelados, vencidos. Metade ficara esbandalhada pelo caminho, consolando-se da derrota nos botequins. Seu Alexandre, de camisa de tênis, calça branca e chapéu de palha na mão, o Inácio, o Pedrosa — pobres coitados! — que cara traziam com o último lugar no concurso do *Jornal do Brasil.*

Teixeirinha regalou a tripa. Quá, quá, quá! — gargalhava de se ouvir no outro mundo. Batia na barriga:

— Tira uma linhada, só, Rizoleta!

Rizoleta nem viu direito. Passavam um pouco longe e ela estava vesga de tanta cachaça com limão, de que é composta a famosa batida paulista. Ele também. Beberam mais: quá, quá, quá! Que vergonheira!! Que desgraçados!! E voltaram para a praça Onze. As escolas de samba digladiavam-se ao som morto dos tamborins.

Vejam, que batucada,
que até parece metralhadora...

Os ranchos evolucionavam. Estandartes, escudos, símbolos, pálios, fantasias, tudo era dourado, prateado, brilhante. Fogos de bengala vermelhos e verdes deixavam acessos de tosse na passagem. E os estandartes saudavam o povo, abaixando, suspendendo, cumprimentando os rivais amigos com os mil preceitos da etiqueta. E a poeira subia. Era denso o ar, azedo, amarelo, irrespirável, mas ninguém sentia. Havia gente até no chafariz, que propositadamente não funcionava no Carnaval. Crianças dormiam na soleira das portas, em jornais estendidos nas calçadas, e muitas, ainda de peito, iam fantasiadas nos braços das pastorinhas, grávidas de meses muitas. E a madrugada rompia. A praça se esvaziava. Os derradeiros blocos retiravam-se, lentos, mostrando na força da batida e dos remelexos uma resistência prodigiosa ao cansaço. Havia um que entoava com grave acento de tristeza e antecipada saudade:

Adeus, meu Carnaval!...
Adeus, meu Carnaval!...

Largaram dali para um botequim da rua Carmo Neto, onde promoveram uma baderna infernal, junto com a tropilha que encontraram pelo caminho. O dono queria acalmá-los. Teixeirinha esbravejou:

— Não me venhas com metáforas, galego, que eu não te recebo!

Excitado, prometia costuletadas de rachar. Rizoleta, em euforia, achava uma graça enorme nas bravatas do amásio:

— Eta, moleque bom!

Ria, ria, sambava, suspendendo os braços tilintantes de pulseiras, fazendo o corpo de dobradiça, dando vivas e umbigadas no ar. O espanhol era calmo e bigodudo. Foi com jeito, sabia lidar com aqueles vagabundos — mandou servir cerveja. Teixeirinha queria sardinha em lata, esmurrando o mármore da mesa. Veio a sardinha, grão-de-bico, mais cerveja. Rizoleta enchia o copo, bebia um trago, arrumava o resto no amásio — tome! Ele retribuía. Era um duelo de cerveja. Pediam mais. O dinheiro da mulata voou.

18

ZULEICA, SENTADA NA CAMA, contou o passeio da véspera à Barra da Tijuca, com o último namorado, arranjado num baile de Carnaval.

— Foi um dia que valeu cem anos, menina!

Foram pelo Leblon, na limusine dele, uma limusine azul, de rodas brancas, tipo da alinhada. O dia estava uma beleza — você viu, não é? —, estiveram na Gruta da Imprensa, almoçaram no Joá, tomaram banho de mar...

— Mas você foi de roupa de banho?!

— Eu de roupa de banho? Onde você tem a cabeça, coração?

— Mas onde você mudou de roupa, então, Zuleica?

— No automóvel, é lógico. Onde havia de ser?

Sussuca abismou-se:

— E você não teve medo?!

— Medo de quê?

— Dele, ué. Sozinha...

— Ora, Sussuca, faça-me o favor de ser menos boba. Bobice demais enjoa — e noutro tom: — Passeios assim, aprenda, duma vez por todas, a gente não faz com rabos atrás. Perde a poesia... — e ria fino, um pouco cínica, mostrando os dentes cerrados, com uma falha natural que fazia a boca mais garota e mais excitante.

Sussuca corara e reprovava. Não! Aquilo era demais. Zuleica estava doida! Doida varrida! Sozinha...

— Você não tem juízo, Zuleica! Nem um pingo! Um dia sai-se mal...

— Mal? Ótimo! Ah, ah, ah! Que rapaz, Sussuca! Que boca! Que dentes! Que perfil! Não te conto nada. Fizemos quase tudo.

Sussuca não se conteve:

— Zuleica!

— Que tem? — e gaiata: — Vou ser professora. Uma professora precisa saber "tudo" e o resto — e ria. Ria alto, claro, cristalinamente, dobrando a cabeça para trás.

Sussuca sentiu uma bola esquisita na garganta. Tinha vontade de fugir, de chorar. E a gargalhada continuava. Dona Nieta apareceu:

— Que tanto riso é esse?

— Não me pergunte, dona Nieta — e Zuleica atirou-se na cama. Ficou de braços estirados, os seios levantados, pernas abertas, olhos cerrados, como se ofertasse o corpo a um amante invisível. Sussuca afastou-se disfarçadamente do quarto. Dona Nieta fechava a gaveta dos retalhos:

— Boa coisa não deve ser... Eu te conheço.

E a voz perseguia Sussuca na casa pequena:

— É uma uva! Um colosso! Piramidal! Superextrapiramidal!

Refugiou-se no reduzido quintal, sob o mormaço tostante. Foi dona Nieta quem ouviu o resto:

— O meu último flerte.

Ouviu e ralhou de bom modo:

— Você não toma juízo, não, pequena?

Sussuca rompeu em pranto, em silencioso pranto junto às grades do galinheiro minúsculo, onde as carijós ora ciscavam, ora a espreitavam com os olhos estúpidos. Eram lágrimas de vergonha, de pena, de inconsciente mas autêntico ciúme. Zuleica estava perdida. Completamente perdida! Não compreendia, não admitia, não suportava. Perdida! E chorava. Chorava apoiada às grades, sob o mormaço, entre os gargarejos das galinhas. Não voltou para o quarto — era insuportável! —, trancou-se no banheiro para não se despedir da amiga, que não se deu por achada:

— Até amanhã, maluquinha! — e esmurrou a porta do banheiro.

Sussuca não respondeu. De noite mal pôde dormir, embebeu o travesseiro. Ouviu o relógio dar quase todas as horas. Perdida! Ouviu os galos e sinos na madrugada. Ouviu o leiteiro botar as garrafas e o padeiro deixar o pão. Acordou atormentada, passou o dia soturna, de noite foi com esforço que recebeu o namorado, pretextou uma ameaça de gripe. Despachou-o cedo. Dona Nieta supôs que a filha tivesse tido um amuo com a amiguinha e limitou-se a um "isso passa", como outros amuos haviam passado. E, decorridos três dias, Sussuca voltou às boas — a crise finou. Era como se houvesse esquecido, como se nada tivesse mesmo havido. Zuleica era a eterna Zuleica turbulenta, irrequieta, vibrante. Sempre a mesma Zuleica, sua amiga. A ela, só a ela, é que desvenda os seus sonhos.

— Você acha que ele me ama? — (queria dizer: você acha que ele casa comigo?)

Zuleica tinha um prazer todo especial em responder com pilhérias às perguntas sérias de Sussuca:

— A respeito das intenções dos homens, só quem sabe é Deus, e às vezes.

Sussuca dá um muxoxo, risonha:

— Você não passa sem bobagens.

19

MINÚSCULO, OLHAR VIBRÁTIL, orelhas saltadas e côncavas como conchas, Sebastião é um feixe de ossos. Impaciente como camundongo na ratoeira, espera na esquina do café, brilhante de anúncios luminosos, vermelhos e verdes, pisca-piscas. Está nervoso, mas confiante — ele não faltaria.

Teixeirinha chegou apressado, terno de flanela creme, sapato de salto carrapeta, chapéu atirado para o alto da cabeça.

— Como é?

— Mal. Tomamos no crânio.

— Não diga!... — fez Sebastião com a voz rouca.

— Digo. Golpe errado.

Aboletaram-se na primeira mesinha vaga, rente à porta.

— Falei que era um empréstimo urgente e tal... Contei as lorotas, que eu precisava, e tororó e coisa — nada! Estão quebrados. Não é mentira, isso eu sei. O clube nem saiu este ano, você está a par. Mas eu apertei forte com eles e depois de muita conversa, muita choradeira — safados! —, escarraram esta vaca — e mostrou com repugnância a nota de cem. — Tive ganas de esfregar na cara deles.

Sebastião virou as xícaras, desanimado:

— É o diacho! Mas não há meio de se tomar mais, Teixeirinha?

Havia. Mas o garçom chegava, de cafeteira em punho, cumprimentando e fazendo pilhéria:

— Boa noite, seu Teixeirinha. Simples ou nas calças?

Mandou-o para os confins do inferno e explicou:

— Vou dar um jeito com a Rizoleta. Fui burro. Já devia ter feito.

Sebastião não admitia dinheiro vindo por tal expediente. Era o que sempre condenava no amigo. Condenava, mas perdoava. Perdoava, mas repreendia-o — não estava direito, era indecente, um homem é um homem. Naquela hora, porém — coisa miserável é a vida! —, ele precisava e precisava muito. Ainda quis ser forte, duvidando:

— Mas será que ela tem?

Teixeirinha riu com intenção:

— Se não tiver, arranja, seu Sebas. Pode crer, vou buscar dinheiro e não levo truncha. Que horas são?

Sebastião respondeu olhando para o relógio do café:

— Oito e meia.

— Não está maluco?

— Não. Deve regular isso mesmo.

— Pois à meia-noite, aqui. Certo?

— Certo — pactuou Sebastião num simulacro de voz.

*

Rizoleta conheceu o amante pelo modo de pisar e gritou de dentro do tabique:

— A esta hora, filhote?

— Isto aqui por acaso é colégio para eu ter hora de entrada? — retrucou Teixeirinha, azedo.

Ela voltou no mesmo diapasão:

— Deixe de ser besta e espere, se quiser!

Ele olhou para a porta com vontade de arrombá-la a pontapés e fazer logo uma besteira definitiva, para ela aprender a não responder grosso. Vinha lá de dentro o rumor habitual. Suzane perguntou:

— Zangadinho hoje?

Nem parecia que era com ele. Desabotoou o paletó, sentou-se, arrastando com estrondo a cadeira austríaca para junto do tamborete, onde descansou as pernas de saracura.

— Nesta casa não há mais cerveja?

A polaca vocalizou para o botequim fronteiro:

— Marrio! Cerveeja! — e continuou chamando os homens que passavam devagar, escolhendo: — Vem cá, belezinha, vem... Eu faz tudo.

Lolote não funcionava naquela noite — dormia. Mandaram a cerveja, ele reclamava como sempre: — Para que vocês têm geladeira? — e o freguês saía, olhando desconfiado, acompanhado da mulata se ajeitando, muito amável:

— Apareça, benzinho. Meu nome é Rizoleta.

Teixeirinha mediu-o de alto a baixo, provocante e desprezador — parecia um defuntinho. O homenzinho gaguejava — Sim... não tem dúvida... apareço... — deu o fora. Teixeirinha perguntou:

— Quem é o gabiru?

— Sei lá! Entrou e pagou. Está certo. Mas se você faz muita questão de saber, corre atrás dele e pergunte, que ainda está em tempo.

Por um triz que não tomou um bofetão daqueles nos beiços, a filha da mãe! Mas Teixeirinha precisava e conteve-se, não faltaria ocasião de meter a mulata no bom trilho. Suzane fazia entrar o gorducho:

— Por aqui, *mon chéri*, por aqui.

Ele, vermelho, esbarrou na mesa, esbarrou num tamborete, atrapalhou-se nas cortinas que esvoaçavam, entrou no quarto, afinal. Rizoleta muxoxeou:

— Me aparece cada mocorongo aqui...

O que disse tão asperamente ao amante não fora por mal — era tudo boca fácil. Veio se sentar, passiva, sorridente, nas pernas dele.

— Agora pergunto eu: que milagre foi este de vir hoje tão cedo, chuchuzinho?

Ele foi direto:

— Você tem trezentos mil-réis?

— Quanto?!

— Trezentos.

— Brincadeira, filho!... Você precisa?

— Preciso e hoje. Sem falta. Negócio importante.

Rizoleta pensou um instante:

— Tenho oitenta, serve?

— Quero trezentos.

— Não é por mal que eu pergunto, mas você já tocou o pau nos duzentos que eu te dei segunda-feira?

— Acabou tudo. Dinheiro não é borracha, pistola! Só a prestação da beca nova...

A mulata já não queria explicações. Dinheiro foi feito para se gastar. Acariciou-o — levasse os oitenta e olhe lá! que estava com muita sorte. A cana andava brava — comprara duas combinações e um sapato, o dentista cobrara um dinheirão adiantado pelas obturações e a coroca da polaca ainda por cima aumentara o aluguel, como ele já sabia.

— E elas não têm?

— Que pergunta! Têm mas não emprestam. Será que você não as conhece ainda?

Sim, conhecia — uma cambada de ordinárias, de exploradeiras, de safadas! E a ideia brilhou nela:

— Mas tem meu anel, filhotinho. Comprei por duzentão no seu Jacob. Você vende ou bota no prego. Tem a correntinha de ouro também.

Ele esperava por essa. Do contrário teria de levar à força. Antes assim. Mostrou-se radiante:

— Gostei da ideia, mulata!

Rizoleta enroscara-se no pescoço dele, beijando-o, mordendo-o, ditosa, rendida:

— Meu moreno anda quebrado...

Suzane confabulava lá dentro. O gorducho resmungava. A cama rangia. Teixeirinha se levantou:

— Deixe o amor para logo mais. Passe os trecos logo. Tenho pressa.

O bexigoso, com um tique nas asas do nariz, meteu a cabeçorra na janelinha da rótula:

— A Margarida está aí?

Foi Teixeirinha quem respondeu:

— Procure na sua casa.

O intruso estorceu-se numa gargalhada fina, histérica, contrastante com o seu opulento corpanzil:

— Você tem cada virada, Teixeirinha!...

— Tenho outro coisa gostosa também.

O mastodonte emendou um riso com outro. A mulata gozou-o:

— Você arrebenta a boca, desgraçado!

Ele, porém, não parava, e Teixeirinha queria saber onde encontraria o safardana do Salomão das Joias.

— Onde, hein, Zé Bexiga?

Zé Bexiga, os olhos lacrimejando e o rosto congesto, sossegava do acesso de hilaridade:

— No café dos gringos, ora! Onde você queria que fosse o ponto dele?!...

— Então vamos ver isso depressa — e Teixeirinha invadiu o tabique da amiga.

Havia ainda um broche quebrado no fundo do cofrezinho japonês. Rizoleta mostrou-o:

— Não serve, filho? É ouro. Pelo menos parece.

— Se serve. Dá cá.

Ela passou as notas, todas de dez. Teixeirinha teve uma delicadeza:

— Oitenta, não. Fique com dez, que pode precisar aí.

— Deixe de ser bobo. Leva. Ainda me defendo hoje, deixa estar. É cedo.

— Bem — e enfiou o maço no bolso. — Até mais tarde.

Rizoleta deu-lhe uma palmada nas costas, com uma repentina dúvida:

— Vai, anda, seu peste! Vai gastar o meu dinheiro com as vagabundas de chapéu.

A polaca despediu o gorducho e quis saber a causa das risadas. Teixeirinha já estava na porta:

— Contem aí à vovó.

Suzane, que não tolerava que a achassem velha, bufou. Zé Bexiga abriu a bocarra outra vez. Teixeirinha ainda disse:

— Você parece que teve meningite em pequeno, Zé Bexiga.

E bateu para a praça Onze.

*

Empombou, ameaçou, mas que esperança! o judeu, de barbas imundas e chapéu-coco não menos repelente, não dava mais que 150 mil-réis por tudo, e isso — olhe lá! — por serem amigos velhos. Cedeu:

— Vá lá. Leve as teteias, ladrão!

Indiferente ao insulto, Salomão contou e recontou notas sebosas:

— Cento e cinquenta.

Nem cheiro de cumprimento teve. Teixeirinha, de um pulo, atracou-se ao balaústre do bonde que passava a sete pontos. Estava já com o plano feito. À meia-noite havia de ter na mão os quinhentos mangos justos para o Sebastião.

*

O randevu da Clemência ficava no Rio Comprido, em rua discreta, escondido entre casas de família. Ele foi entrando. Se tinha a boca suja, ali então ficava tremendo. Parou na porta da sala e, enrolando-se nos cortinados de pavoroso chitão futurista, cumprimentou para um lado e outro:

— Olá, sua vaquinha? Como vão estas pelancas, polaquinha?

As mulheres riam, acostumadas, gostando:

— Entre logo, parasita. Fale com os brancos, mau elemento. Onde escondia estes chifres?

O doutor, atracado com a Olguinha, entrando no coro das risadas, perguntou quem era o pândego. Olguinha informou, baixo, no ouvido:

— Um malandrão, amigo da Clemência. Morde como cachorro danado. Morde até a sombra. Dizem que ela...

Teixeirinha perguntava:

— Onde se meteu essa grande vagabunda? Será que está recebendo também?

As mulheres desataram às gargalhadas. Clemência, beirando os cinquenta, talvez já neles, estragada, esquelética e com a mania dos institutos de beleza, era simplesmente horrenda. Chamavam-na por trás — o boforoide. E a caftina, carregada de anéis, com os seios postiços, apareceu fingindo não compreender a hilaridade, e respondeu em igual tom:

— Estou aqui, rufião de negra. Vá para o Mangue, que é teu lugar. Que porcaria veio fazer aqui?

Ele, sem o menor constrangimento pela presença do estranho, pegou na deixa:

— Venho atrás de grana emprestada. Estou a nenhum. Mais liso do que quando nasci.

— Emprestada, um tanho! Nem um tusta! Você já pagou a alguém na tua vida?

Ele chegou-se, maneiroso:

— Dona Gostosinha, não diga isso... — e alisou o queixo da velha, que lhe deu um tapa na mão:

— Tira a pata!

Ele insistiu, fazendo um olhar obsceno, ameaçando tocar os seios da caftina, apalpando-lhe as nádegas sumidas. Ela, satisfeita no íntimo, empurrava-o frouxamente, livrava-se mal, explicando ao doutor:

— Não repare, doutor. É um sujeitinho danado. A boca, então, é uma latrina.

— E ela um coração de ouro — emendou Teixeirinha. — Daqui para baixo é que não vale níquel — e indicava com a mão na cintura. — Dizem até que é donzela.

A gargalhada foi mais uma vez geral. Clemência pisou na trouxa, mas aguentou firme e sorridente. Sabia com quem lidava, não queria encrencas que espantassem o doutor, frequentador novo e abonado. Disfarçou:

— Eu não lhe disse, doutor?

O doutor não achou saída para a pergunta, torcia-se, mexia o pescoço... Teixeirinha nem deu por ele. Desabou na poltrona:

— Então, Clemência, não se resolve?

— Que é que eu tenho para resolver? Já te emprestei muito — e frisou as últimas palavras.

Teixeirinha frisou também as suas:

— Mas se pegasse uma parte ali no distrito, que tal?

Foi resoluta:

— Sua?! Tem graça!... — e ainda mais resoluta: — Ora, vá pentear macacos! Vá assustar as suas negras! Mesmo, não pega. Tá ouvindo! — bateu no peito, com importância! — Tenho muita gente boa que me proteja.

— Quer dizer que o major...

Falava dum major reformado da polícia, major Couto, velho conhecimento de Clemência e frequentador assíduo da casa.

— Ele mesmo. Sem tirar nem pôr. E escuse de fazer esta cara de ironia. Mire-se num espelho. Não é da sua laia, não.

— É corno.

— Corno era seu pai!

— Família, não!

O doutor sentia-se incomodado, temeroso. Olguinha percebeu e acalmava-o:

— Vivem assim brigando como cão e gato. Acabam sempre aos abraços... Percebe?

Absolutamente. O doutor absolutamente não percebia. Mas os cálices estavam vazios e Olguinha valeu-se deles para salvar a situação:

— Permite mais alguma coisa?

— Pois não.

— Beijoooca!... Vinho do Pooorto!

O mulato, imberbe e ancudo, não demorou. Teixeirinha calara-se e passara para o divã crivado de almofadas de cores berrantes. O doutor, mais calmo, ofereceu num gesto gentil:

— O senhor está servido?

— Obrigado.

Todos se serviram. Olguinha molha os lábios profissionalmente. Teixeirinha emborcou o cálice dum trago, deu um estalo com a língua, chamou a loura:

— Vem cá, franguinha.

Altair mantinha por ele uma antiga e secreta atração, aumentada pelo fato de procurá-la pouco e de não pagá-la nunca — pendure, mulher! Ela pendurava sem reclamar, dava-lhe prazer. Ardia quando a espremia nos braços. Ele era diferente! Diferente de todos. Fazia-a vibrar intensamente. Era rústico, quase brutal. Amava mandando — vira, deita, mexe. Amava como se desempenhasse um ato que só a ele interessasse. Jovem, dengosa, delgada de corpo, chegou-se num coleio de gata:

— Que é que você quer?

Ele não deu resposta. Tinha-a no colo, bastava. Alisando-a, dirigiu-se à Clemência com volubilidade.

— Mas se houvesse um sororó aqui, a escrita já não era tão canja para o major acertar, não acha?

A caftina bispou aonde ele queria chegar e tremeu. Ele continuou displicente:

— Estou imaginando um rolo aqui dentro... Cadeiras quebradas, uma surra nestas vaquinhas... E logo com um senhor de posição no meio, era escândalo para os jornais explorarem à beça. O major cortaria uma volta...

Clemência sabia-o capaz de muito mais e deu-se por vencida. Piscava-lhe o olho, franzia o nariz abatatado — olha o doutor... Teixeirinha fingia não compreender. O doutor sorria amarelo, esquerdo, medroso — em que covil se metera! As mulheres se entreolhavam. Teixeirinha dirigia-se ao doutor:

— Felizmente disso estamos livres. Aqui só vem gente decente, incapaz duma desordem. Na pior, um camarada como eu um pouco desbocado... — desculpava-se: — Acredite, doutor, era de andar no meio da canalha que ficara assim.

O doutor compreendia, aliviado, cruzando a perna:

— Ora... — até achava engraçado, pitoresco.

— Como diz?

— Pitoresco... típico...

Teixeirinha fez com a cabeça que compreendia. Aí o ambiente se aliviara totalmente. Clemência sorria. As mulheres brincavam, soltavam ditos, riam alto. O doutor alegrara-se com o álcool, que principiava a subir-lhe à cabeça. Beijocava Olguinha, bebiam no mesmo cálice, muito patusco.

— Mais?

Teixeirinha também aceitou:

— Bom vinhinho! — deu outro estalo com a língua: — Onde você o roubou, Clemência?

— Vou te escrever dizendo.

— Em vez de escrever, mande logo umas garrafas... Trate bem os amigos.

Os seios de Altair eram quentes, espigadinhos, minúsculos. Bulia neles. Ela sentia cócegas, batia-lhe na mão:

— Não faz!...

Ele se inflamava, apertava-os duramente.

— Você me machuca!

— Sê besta!

— Malcriado!

O telefone tilintou. Clemência correu para atender com voz macia. Era o Nabuco avisando que Nair não saísse — ele vinha. Tarde, mas vinha. Não, não sairia — Nair esperaria. Ficasse descansado. Tchau! Voltou com um ar digno, elogiou o Nabuco — um cavalheiro perfeito, distintíssimo, milionário. Era divorciado e louco pela Nair, verdadeiramente louco:

— O doutor não conhece?

— Nabuco de quê?

Clemência só sabia que era Nabuco — uma verdadeira dama! E Altair pediu música:

— Beijoooca!

Beijoca acumulava as funções de copeiro, camareiro, confidente e pianista. Rebolou para o piano. Tocava de ouvido muito passavelmente. Sapecou um samba com bravura. Nair dançava com Clemência, o doutor com Olguinha, tonto, pisando-lhe os pés. Teixeirinha pandeirava na mesa. Altair empunhou o violão:

Mulher, é tua sina:
viver no meio vagabundo.

ô... ô...
Não sei pra que
você nasceu assim.
A tua vida
é a desgraça do mundo.

Pouco faltava para as dez e meia. Teixeirinha deu o brado:

— Agora, chega! Vamos pro quarto!

Altair obedeceu. Estava ansiosa, transpirando muito, descomposta. Teixeirinha fechou a porta com o pé, estrondosamente.

Saiu uma hora depois, com a alma leve, os quinhentos no bolso, gritando da porta:

— Ponha na conta, ouviu, Clemência? Desculpe o mau jeito. E até outra vez, cambada!

Clemência desculpava-se com o doutor, que voltara a pagar bebidas:

— Não repare, doutor, já lhe pedi. É assim o Teixeirinha, desbocado, arreliante, barulhento, mas no fundo uma boa alma. Muito amigo, muito serviçal. O senhor nem imagina. E até diverte com aquelas bobagens, não acha?

O doutor, após a primeira excitação das libações, ficara melancólico, deprimido, levemente enjoado. Fez que achava, com certa inveja. Era casado, mas o casamento fora uma decepção. A mulher não trazia o que ele calculara. Era mais casca do que caroço. Uma casa própria em Botafogo, uns terrenos de reduzido valor na Ilha do Governador, um pequeno juro de apólices federais — quase nada. O resto tinha de cavar duro na clínica todo santo dia. Duro mesmo! E três filhos crescidos já, pedindo escola. A mulher, um tareco...

Olguinha tinha uma sede insaciável. Apetecia-lhe, então, um guaraná bem gelado. O visitante estava pelo que viesse. Chegava o major com botinas de verniz e cano de camurça, charuto engastado na piteira de marfim, batendo a bengala nos ladrilhos da varanda comprida. Olguinha carregou com o pagante para o melhor quarto:

— Vamos, querido? Já não aguento mais...

O doutor teve um lampejo de vaidade, acompanhou-a. Era inexperiente e já estava inteiramente bêbado. Olguinha era uma máquina de sonhos. Já adivinhava nele, como em tantos outros, o homem que lhe convinha, que resolveria a sua vida. Fazer-se a sua amante, de casa montada, exclusiva. Vivia assim porque precisava. Mas tinha medo. Já tivera uma infelicidade, que a inutilizara por vários meses. Um horror! Se ele quisesse... Era um futuro garantido. Se ele quisesse... Ele era ingênuo, ele era fácil de conquistar... A voz do major vinha aflautada. É um monstro nas bandalheiras, ela sabia por experiência própria. E o doutor, um inocente. Beijava-a, beijava-a, escorria por cima dela como babujenta lesma, chamava-a de seu amor. E o major passou no corredor, perguntando ciciante à Clemência quem estava no "quarto imperial".

— Olguinha e o dr. Álvaro. Um frequentador novo. É a primeira vez que vem. Apresentado pelo Costa.

O major sorriu:

— Apresentado pelo Costa... Boa bisca deve ser.

Olguinha envolveu ternamente o doutor, preparou-se habilmente para melhor empolgá-lo. Seria fácil conquistá-lo. Estava farta da Clemência! Farta daquela vida! E apagou pudicamente a luz.

20

ARMARAM O PINGUILIM nos fundos do decrépito sobrado na rua da Harmonia, explorando a estiva. Afastado da mesa, encostado nas portas, Sebastião, cada noite mais encovado, mais afônico e tossindo mais, dominava o jogo com os olhos espertos de sagui. Manobrava as paradas da bola com fios de aço, finos como cabelos, escorrendo, imperceptíveis, da mesa até ele pelas gretas do assoalho e pelo rodapé, o que constituía arriscada aventura no meio daquela gente temível, mas Sebastião era astuto e a luz bem escassa.

Teixeirinha fazia o farol, mostrando-se viciado, arriscando pilhas de fichas em cada parada. Cavalcanti, que passava por banqueiro, era o boleiro. Tinha a cabeça chata, o olhar de raposa, o timbre doce e mole:

— Ninguém vai mais?

Olá se iam! Iam de cabeça! Teixeirinha com lábia arrastava os menos pacóvios; ficava fulo quando perdia, soltava obscenidades, dobrava a aposta no número cabuloso:

— Carrego mais cincão. Agora também é impossível!

Mãos brutas encrespavam-se ao rodar da bolinha branca. O fumo sufocava. Fumo e suor. O chão é um escarro só. Cavalcanti avisava:

— Feito!

A bolinha roda, roda, os olhos rodam com ela. Sebastião dá uma olhadela na banca, vê os plenos carregados, vê os vazios, encosta-se, ora num, ora noutro portal, às vezes na própria mesa, tossindo — fazia da bola o que queria como um mágico. Alguns se apiedavam do seu estado — coitado!

O tira destacado na zona era primo postiço de Sebastião. Tinha levado a sua peita e fazia o vicenzo para a batota, que ia dando o dinheiro. O trato era rachar o lucro pela trinca. Sebastião ficava com a caixa. Cavalcanti, pretextando atrapalhações, descontava diariamente pequenos vales. Teixeirinha preferia que a bolada viesse gorda no fim do mês.

— Quero fazer uma orgia em regra!

21

A VIDA TORNOU-SE AZUL para Sussuca. A alegria não tem limites. Transborda, inunda a casa e o mundo. A mãe também se sente feliz — seu José é um bom rapaz.

Vinha todas as noites, religiosamente à mesma hora, entrava, ficava de prosa na sala, fumando, rindo, abraçado com a namorada. Dona Nieta não tinha cuidados. As costuras chamavam-na para a sala de jantar, onde havia a mesa grande, a máquina, o manequim francês e a luz mais forte. Às vezes os dois iam ao cinema da praia. Ela ficava. Ficava tranquila, esperando-os para um chá inocente com roscas barão, que ele muito apreciava. Pode morrer sossegada. Realizou o seu sonho constante, o seu único desejo, o objeto das mais férvidas promessas. Desde que perdera o marido, sem parentes próximos, sem amizades poderosas, seu pensamento único era deixar a filha casada, bem-casada, protegida. Podia morrer em paz.

22

— O ORÇAMENTO É UMA VERGONHA! — clamava Baltazar, puxando o braço de José como se fosse a corda de um sino. — Uma legítima vergonha, uma monstruosidade! Pobre país! Infeliz Brasil! Numa terra de doentes e analfabetos a verba da Saúde Pública e Instrução, ouça esta: Saúde Pública e Instrução!, é dez vezes menor do que a da Guerra. Dez vezes menor do que a da Guerra! — repetia, rindo nervosamente.

Cessou, desconsolado:

— É uma vergonha! Não importa o futuro nem a prosperidade do país. Melhorar as precárias condições sanitárias; eliminar a ignorância e o erro, difundir as escolas? Que esperança! O que importa para esta maldita canalha é a contingência política do momento. É a trapaça do poder. É a chave do Tesouro. O leme da situação. A Igreja é uma força que pode favorecê-los? Então, zás!, de quatro aos pés da padrecada! O Exército é uma força que deve sempre estar ao seu lado? Então toca a adulá-lo, desvirtuá-lo, corrompê-lo. É sórdido, é miserável!

— É isso — fez paciente José, aguentando a indignação do colega, que se inflamara num crescendo.

— No caminho em que vamos, só vejo uma salvação: a revolução! Mas a revolução das massas, compreende? Não essa papeata que houve aqui. Farsa não! Revolução mesmo! O povo se levantando para o arrasamento radical do regime, com a medida brutal, mas profilática, de passar sumariamente pelas armas pelo menos sessenta mil desses interessados diretos no carcomido regime atual, sessenta mil desses imundos percevejos da nossa desgraça. Sumariamente!

— Mas isso não é o comunismo, Baltazar?

Comunismo? O primeiro sentimento de Baltazar foi de negar. Não era comunista — uma burrice, uma coisa sem pé nem cabeça! Era pela ditadura forte, por uma espécie de fascismo feroz e saneador. Mas perseguiam os comunistas e temeu passar por medroso. Não, não era medroso. E foi trágico:

— Exatamente, meu amigo. É o comunismo. É a redenção do nosso mundo de misérias! — e traçou um gesto largo, que abrangia o céu e a terra.

Depois da tirada, sentiu-se um pouco indignado consigo mesmo, rodou os olhos em volta, sondando a possibilidade de um delator. Ninguém! E, para felicidade, ele conhecia o José — um rapaz às direitas. Mas ao voltar para casa, ia temeroso e arrependido — tinha mulher, tinha dois filhos... A polícia não era para brincadeira... Devia ter mais tato no que falava. Ainda haveria de pagar pela língua!

23

O SOL CAI. Na rua de árvores definhadas e sem sombras, os toldos de desbotadas listras protegem as rótulas. Em cada esquina, um café. Em cada café, um rádio atordoa. E rodas de vagabundos, soldados, choferes, discutindo entre palavrões e gestos indecentes. Vendedores à prestação rondam...

O turco desconfia. Rizoleta brinca:

— Está com medo de mim?

Sim, o mascate tem medo. São umas ladras. Chamam-no, remexem na caixa, engambelam-no, tiram sabonetes, batons, grampos, fitas... Sim, o mascate tem medo. Arregala os olhos encovados sob as sobrancelhas monstruosas. Rizoleta, divertida, ri.

— Ah, turco do diabo!

Com muitas negaças paga os dez tostões pelo metro de fita azul:

— Ladrão!

— Barato! Não ganha nada...

Põe uma doçura na fala, convidando:

— Quer vir comigo, quer, amorzinho?...

Ele mexe e remexe os bigodes, atrapalhado — não. É velho. Quer é vender. Vai andando. Mesmo que quisesse, não adiantava. Rizoleta está é de pândega com ele:

— Vê lá se eu me passo pra turco!

24

A ARAPUCA MARCHAVA BEM. Sebastião é que ia mal. Também não ignorava que era o fim e aquela empreitada a sua última aventura. De qualquer maneira teria de se defender nela. Era casado e tinha cinco filhos pequenos. Precisava garantir-lhes, se não o futuro, o que era improvável, pelo menos os riscos mais próximos da sua falta.

Um amplo sossego embalsama a madrugada. Um doce, inesperado bem-estar o defende da garra que oprime e queima o peito. Sebastião cola-se às paredes, esconde-se mais nas abas levantadas do casaco. Chegando em casa — morava num beco do Estácio — mal abriu a porta, caiu. A mulher correu estremunhada. Sebastião lançava sangue e mais sangue, sufocado. Ela gritou por socorro. A vizinhança acudiu num falatório aflito, numa porfia de atos prestimosos, numa inconsequência de deliberações. As crianças despertaram e choravam.

Dr. Hugo morava perto, não tardou com o sobretudo sobre o pijama amarfanhado. Escanifrado e boêmio, era o médico dedicado do bairro pobre. Sebastião abria a boca, mas não falava. Ansioso, buscava o ar. Queria ar! E o olhar aceso como nunca é que falava. Implorava um alívio. Tomou uma injeção de emetina, abriram a janela, os ratos da área debandaram.

Reunindo as derradeiras forças, quis a presença de Teixeirinha. Era pouco mais que um bafo. Dr. Hugo, porém, entendeu.

Sebastião morreu durante o dia, com o sol entrando pela janela numa claridade vitoriosa. Um rádio toca longe, longe os bondes solancam e as buzinas fonfonam. Dr. Hugo, piedoso, segura a cabeça simiesca para o arranco final. Foi um gorgulho cavo. Os olhos viraram. Teixeirinha chorava.

*

Teixeirinha chorou. Ia com Sebastião a única amizade sincera da sua vida. Lá se ia! Ali na sua frente via-o, pequeno como um menino, esquelético, sumido, o crucifixo no peito, entre velas, sobre a mesa. Os pés abriam-se em ângulo, desproporcionados, metidos em sapatos novos com o selo à vista. A viúva soluçava espaçado e cada soluço provocava nele uma ânsia nova de choro, que continha. Pranto é fraqueza, coisa de mulher — um homem é um homem! E os conhecidos chegavam no bico dos pés. Ataliba Freitas, que era espírita, tivera um aviso. De madrugada acordara com o armário estalando, um armário velho. Pensara em Sebastião — há uma semana que não o via. Falava em desencarnação, em vida superior. Tinha a palavra demorada e convicta, citava o Evangelho e empregava muitos termos escolhidos. Teixeirinha acreditava, contemplava o morto, sufocava mais lágrimas acendendo cigarros na porta da área escura, onde a torneira mal-atarraxada deixava vazar a água num chiado contínuo.

Criara-se com Sebastião na molecagem duma casa de cômodos em Vila Isabel e nunca mais se separaram. Lá se iam vinte anos!

Franzino e matreiro, Sebastião embrulhava os homens com a mesma facilidade que, em criança, engazopava os companheiros. Cedo, dera para jogador. Marcava baralhos, passava contos do vigário, tivera várias entradas na polícia. O casamento imprevisto, e por verdadeiro amor, com uma costureira órfã e nada bonita fizera-o trocar a vida irregular pelo trabalho. Muito habilidoso, fazia brinquedos para crianças e papéis gomosos para pegar moscas, que vendia nos bazares da cidade e nas lojas dos subúrbios. Pintava também tabuletas e cartazes. Tudo, porém, rendia tal mesquinharia que o levava a desanimar.

— Ser honesto não rende, seu Teixeira — dizia para o amigo, com uma saudade indisfarçável do seu tempo de malandragens.

Lamentava, mas ia se sustentando. Os filhos, entretanto, chegavam todos os anos. O último parto, muito encrencado, quase que a patroa ia embarcando, obrigou-o a procurar agiotas — safarrascada difícil de se safar! Meteu-se como farol num cabaré da Lapa, que tinha uma sala de jogo escondida atrás. A mulher chorara, implorara, preferia morrer de fome a vê-lo outra vez naquela vida de vergonha e sobressalto. Foi inútil. A vida era muito dura para continuar com tais escrúpulos:

— Precisamos é viver!

A mulher abateu-se. Ele emendava os dias com as noites. A tuberculose apanhou-o. Não ligara:

— Isso passa. É uma constipação à toa. Sai com as urinas.

Mas a coisa progrediu demais. Já não era só o mal-estar, a tosse seca, a febre vesperal, o esgotamento incrível, a inapetência. A rouquidão aparecera-lhe, dia a dia mais acentuada. A mulher instava:

— Vá ao médico, Sebastião...

— Depois. Depois eu vou. Não tenho tempo.

— Depois você se arrepende... Pelo amor de Deus!

Afinal decidiu-se. Dr. Hugo franziu a testa, receitou-lhe umas injeções, disse-lhe que se alimentasse bem — leite, ovos, frutas, bastantes frutas. Exigiu repouso absoluto:

— Sem repouso, nada feito, meu velho. Se você pudesse sair do Rio, seria o ideal.

Mas como poderia sair ele do Rio? Como poderia repousar? E a família? O senhor não compreende? Dr. Hugo coçara o nariz judaico — que se alimentasse bastante ao menos, repousasse um pouco depois das refeições e não falhasse as injeções. Tinha na prateleira uma caixa de amostra. Deu-a:

— É isso que você tem que tomar, Sebastião.

— Todos os dias?

— Todos os dias. Sem falhar.

Sebastião não falhou nenhuma. Comia o melhor que podia, dormitava uns minutos depois do almoço, mas ao fim de um mês sentia-se pior. Pareceu-lhe que estava perdido, que o tratamento era apenas uma tapeação do bom dr. Hugo. Dirigiu-se a ele seriamente, pediu-lhe que falasse franco, ele era homem, que diabo!, e precisava de franqueza, acreditasse, pois tinha de dar um jeito na vida. O médico conhecia-o de longa data, devia-lhe pequenos obséquios, queria-lhe bem. Falou:

— Lamento dizer, meu velho, mas você está liquidado. Os pulmões estão lesados e o mal atacou a laringe.

Sebastião foi muito forte:

— Quanto tempo durarei, doutor Hugo?

O médico mentiu:

— É uma questão de meses. Talvez um ano.

Tivera o único sorriso triste da sua vida:

— Obrigado, dr. Hugo. Muito obrigado! Eu sabia que o senhor era um amigo e não falhava.

Apertou-lhe a mão, comovido, correu do consultório para o Teixeirinha.

— Estou frito, Teixeirinha! Dr. Hugo me desenganou. Você tem que me ajudar.

O amigo não acreditava:

— Deixe disso, Sebas! Pra cima de mim... Você ainda vai me enterrar! — acabou acreditando e com um nó na garganta: — Você manda, Sebastião.

E Sebastião explicou a escrita. Fizera um pinguilim viciado que, modéstia à parte, era uma perfeita maravilha. Era para dar uma fortuna no meio de otários! — ajuntou com um lampejo de orgulho nos olhos sabidos. Mas andava quebrado. Uma miséria bravia! Puxava os bolsos da calça pelo avesso: zero a zero! Com um capitalzinho de dois contos, dois contecos, Teixeirinha!, e era a mão na roda — daria uma volta na vida. O Cavalcanti entraria com um e meio, que eu já dei as falas assim por alto...

— O Cavalcanti é ladrão!

— Que novidade!... Mas o caso é que eu preciso, Teixeirinha, de gente que tenha prática, e ele tem. Além disso ele tem um conto e quinhentos. Só se você arranja o dinheiro inteiro.

Teixeirinha, calado um momento, calcula. Fez um gesto aborrecido.

— Tudo, não posso. Mas o resto eu arranjo, Sebas. Conte comigo.

Agiu e a charanga funcionou. Melhor ainda, estava dando os bronzes, como Sebastião vaticinara. E, em menos de um mês, Sebastião que morre. Ali estava gelado na sua frente, as pálpebras malcerradas, a mosca passeando na testa. Enxotou-a, ela voltou persistente. E mais conhecidos chegando. Cavalcanti apareceu — soubera tarde. Deu uma olhada no corpo:

— Por que não me avisaram logo cedo?

Teixeirinha não respondeu. Cavalcanti chamou-o para um canto. Queria saber.

— Como foi? Ele parecia tão bem ontem...

Teixeirinha escorreu algumas palavras. Não tocou na questão do dinheiro. Sebastião entregara-lhe, dentro duma caixa de charutos, oito contos e pouco. Pedia que Teixeirinha dividisse. A parte que lhe coubesse, Teixeirinha entregaria à mulher. Não bulisse nela para o enterro. Enterro é besteira! Arranjasse da forma mais barata. Deixara uns duzentos mil-réis soltos na gaveta — daria. Se não desse, arrumasse com a polícia. Entregasse a sua parte limpa, mas pagasse ao dr. Hugo. Pagasse ao dr. Hugo, repetia. Ele tem de aceitar. Fez o derradeiro gesto esperto — cuidado! Teixeirinha sabia com quem.

Na volta do cemitério é que Teixeirinha falou sobre o assunto. Cavalcanti não fez objeções.

25

SEM SEBASTIÃO PARA manobrar a engenhoca, era mais do que arriscado continuar. Uma aragem de azar que desse e estariam afundados. Combinaram acabar com a sociedade — seria o melhor. Dariam sumiço ao aparelho, venderiam a mesa, o fichame, as poucas cadeiras, fariam um bolo com o que Sebastião entregara, partilhariam. Assim fizeram. Somou tudo, oito contos e setecentos. Teixeirinha conferiu os vales do Cavalcanti:

— Duzentos e oitenta. É o que terá a menos.

Cavalcanti preparava a cartada:

— É.

— Dividindo os oito e meio por três, dá...

Apontou o momento de Cavalcanti trunfar alto:

— Se dividíssemos por dois, Teixeirinha?

Como impulsionado por uma descarga elétrica, Teixeirinha pulou:

— Cão! — rugiu e esganou o parceiro contra a parede: — Grande cão!

— Que é isso, Teixeirinha?! Você...

— É isso? É isso, cão! Grande cão! É isso!

Esbofeteava-o às cegas, desvairado — pústula! miserável! trampa viva! Cavalcanti defendia-se mal, nem se defendia, apavorado. Teixeirinha largou-o afinal. Cavalcanti tremia como num ataque de maleita.

26

A VIÚVA ABRIGARA-SE nos confins do Encantado, na casa do seu único irmão, celibatário extravagante, que não gostou da invasão forçada do pequeno e escondido domicílio. Via perturbadas a sua solidão e a sua despensa. Era telegrafista da Central, criava galinhas crioulas por nacionalismo e nunca se dera com o falecido cunhado — um pulha! um salafrário! um vigarista! Mas embora não gostando, aguentou a irmã sem protestos. Olhava, porém, os sobrinhos com irrefreável desprezo — filho de peixe... Ficou mais compassivo quando viu Teixeirinha largar na mesa oito contos e setecentos limpinhos, já que dr. Hugo se recusara terminantemente a apresentar conta:

— É a parte do Sebas, dona Eugênia. Não é muito mas sempre dá para ir se arrumando.

Sempre pensara ampliar o negócio das galinhas, negócio de muitíssimo futuro. Construir viveiros modernos, comprar alimentos químicos e uma chocadeira elétrica tipo americano, feita em São Paulo — igualzinha às estrangeiras. Faltava-lhe era o capital...

Levou a visita até o portão, muito amável, aclarando o caminho com o lampião de carbureto:

— Cuidado com a vala.

— Estou vendo, obrigado.

— Apareça. A casa é sua.

— Vou aparecer. Obrigado. Muito boa noite.

A vala suja cheirava mal. Trens apitavam, deixando um rasto de fumaça na noite escura. Sanfonas gemiam. O cão late, late, late. O telegrafista insistia, que ele aparecesse de dia. Não deixasse de aparecer. Queria mostrar-lhe a criação. Estava com um lote de franguinhas que era uma beleza!

27

— É ELE!

Teixeirinha reconheceu o rapaz que ia no ônibus, apalpou a navalha e despencou-se do bonde inutilmente. Soltando fumaça, espocando, o ônibus célere fugia. Era domingo. Andava uma grande luz no céu azul tranquilo. Com as lojas fechadas, silenciosa, a rua tinha um aspecto tristonho de fuga, de abandono. Balançou os ombros — fica para outra vez. Não faltaria ocasião, deixa lá. O mundo é pequeno, até as pedras se encontram.

Caminhou. Ia de branco, engomado, muito frajola, gravata furiosa, pisando macio com os sapatos novos de salto carrapeta. E assobiava. Famílias debruçavam-se das janelas, das sacadas. Do sobrado de platibanda, a voz do espíquer descia entusiasmada com as peripécias do jogo — "o Vasco ataca perigosamente pela ala direita, mas Ferreira desvia. A bola vai a Fausto. Novo ataque do Vasco pelo centro. Fausto passa a Nena. Nena passa a Gradim. Gradim escapa, dribla um beque... (houve um imenso "oh!" desapontado) mas arremata por cima das traves".

Parou o assobio e insensivelmente diminuiu os passos para ouvir melhor.

Fincou os cotovelos no balcão do estabelecimento:

— Vire dois tostões aí, ó Soiza.

O taverneiro está distraído com a irradiação:

— Parati?

— Não, anjinho. Água benta.

E do fanhoso alto-falante saiu uma zoeira de aclamações, que quase abafa a voz do cronista — "Carola acaba de conquistar o primeiro ponto do América, aproveitando um centro alto da esquerda. O escore neste momento é de um a zero favorável ao América" .

— O América não está sopa este ano...

Seu Souza encheu o cálice até às bordas e com uma grande fé partidária:

— Isto vira. O primeiro milho é dos pintos.

O outro com pouco-caso:

— Desconfio...

E o rapazinho entusiasmado casava dinheiro no América, dando dois gols de vantagem:

— Está valendo?

Seu Souza estava pega, não pega. Teixeirinha acendeu o charutinho, fazendo concha com a mão, e saiu em perseguição da mulatinha que passava na rua — que pernas! Na primeira esquina, abordou-a:

— Como é, beleza?

Ela não topou — fosse cantar em outra freguesia.

28

A TEMPERATURA DESCEU bastante com a chuva que há uma semana cai, sem uma estiada, peneirante, irritando os nervos.

— Que miséria! O golpe é ficar na toca.

O quarto é o refúgio para a umidade constipante das ruas. As pontas de cigarro juncam o chão marcado de queimaduras. Teixeirinha fuma muito, envolvido no cobertor vermelho. Fuma, dorme, lê jornal, pensa. Pensa em Rizoleta — aquela mina! Pensa na morena — umas boas coxas! — que trouxe para o quarto na última reunião do clube, o qual só servia mesmo para aquilo, não lhe rendia nada, uma pinoia! Pensa em Sebastião — precisava visitar a viúva... Pensa no rapaz do soco. Pensa com ódio, com o mais profundo ódio. Jamais o esqueceu, jamais o perdoou, jamais o perdoaria, ofensa, não! Haveria de pagar caro! Ah, se o ônibus tivesse parado!...

29

SUSSUCA RECORDA. Saíram de manhã cedinho, ela e os pais. As luzes nas ruas ainda estavam acesas. Arrepiada, o nariz formigando, encolhia-se, batia o queixo de frio, o vento do bonde vazio cortava-lhe os lábios. Tomariam na estação, para esquentar a moleirona, troçava o pai, arrastando-a pela mão, um cafezinho quente de queimar o bico!

O sítio ficava em Jacarepaguá e o pai constantemente descrevia-o com cores vivas, dizendo que o compadre mais uns anos e estaria rico. Do trem ela espiava. Não via nada. O mundo se escondia na neblina densa, que o sol não conseguia romper. Por vezes, perto, a bruma tornava-se mais rala e surgia uma casa, um pedaço de rua, outra casa, meninos com latas de leite. Saltaram, mas ainda precisava tomar um bondinho. O bondinho era sujo e vagaroso. O sol aparecia afinal. Andaram a pé, depois, por uma estrada que principiava no lugar de onde o bondinho voltava, um largo redondo invadido pelo capim, com uma casa só, que era uma venda. Mil ruídos diversos vinham do mato. Mil pássaros povoavam os galhos, cruzavam o ar, saltitavam pelo chão devorando bichinhos. Mil flores desconhecidas, pequenas umas, rasteiras outras, extravagantes as que desabrochavam no topo das árvores, iluminavam o caminho de terra vermelha e úmida. As cigarras eram incontáveis; brancas, amarelas, encarnadas e azuis lá iam as borboletas; e aí, o sol subia, forte, secando o orvalho que cintilava nas folhas. O caminho fazia uma curva brusca e via-se a casa branca e acaçapada num alto entre mangueiras. O compadre esperava no portão cá embaixo. Era gordo, de imensos bigodes, abriu os braços efusivos:

— Pensei que não viesse mais, homem!

Foi um dia de liberdade! No sobradinho de Botafogo, em cima da loja, levava uma vida presa, confinada. No sítio respirava outro ar. O céu parecia maior, muito azul. A vista perdia-se na distância verde e ondulada. Longe, a serra se arroxeava. Bois pastavam soltos. Lerdos, sacudiam o rabo, mugiam. Os anuns voltejavam ao derredor, negros, com pios breves, na faina carrapaticida.

Foi um dia de liberdade! Havia muitas crianças. Muitos bichos. Muita laranja. Os galhos roçavam o chão limpo, pesados dos frutos sumarentos, que o compadre vendia. A mãe só aconselhava: não engula o bagaço! Para quê? Laranja lá era lixo. Pulava, corria, trepava em árvores, saltava o riozinho. Tantas fez que por um triz não se emporcalhava na vala, que os agriões escondiam. Os gansos ferozes perseguiam os cachorros e as crianças com alarido. Nunca vira um quati. Preso numa comprida corrente, andava inquieto dum lado para o outro, furava o chão com o focinho. Comia bananas, chorava quando via um ovo. Nunca vira uma cobra. A cobra desapareceu com um rumor de folhas secas. Era uma papa-pinto à toa, sem veneno, disseram, mas teve medo, saiu gritando para se refugiar nas saias da mãe.

Os homens passaram o dia jogando cartas sob o caramanchão de maracujá. Riam com estrépito, discutiam, as cartas caíam no chão, bebiam vinho em canecas de louça, refrescavam-se com grossas talhadas de melancia.

Regressaram, noite já feita. O céu parecia que tinha mais estrelas, que ficava mais perto da terra. A mãe queixava-se dos sapatos apertados. Um empregado, de lanterna na mão, acompanhou-os até o bonde, que o caminho era escuro como breu. Prometeram voltar, pelo São João, quando o compadre acendia fogueira, soltava balões e matava um leitão. Trazia a perna ralada dos tombos. A perna ardia. Os olhos ardiam. Adormeceu no ombro do pai, que lhe alisava os cabelos com a mão cabeluda e áspera. Morreu um mês depois.

Sussuca recorda. José ouve — tão boa! Ouve e olha-a como se o fizesse pela primeira vez. Os olhos são castanhos, as pestanas longas e curvadas, as orelhas furadas, com pequeninos brincos de ouro. Olha os braços — são fortes, redondos, cobertos de penugem trigueira. Olha as mãos — têm dedos grossos, unhas curtas. Tão linda!

— Tu és linda, Sussuca!

— Pobre de mim.

30

José não quis esperar por outro Natal. Procurou resolver breve a sua vida. Precisava se casar. Pedir aumento não adiantava, estava farto de saber. Que poderiam eles lhe aumentar se não uma insignificância? Viu difícil a solução. Esforçava-se, indagava, respondia a anúncios de empregos, nada conseguia de prático e imediato, tudo promessas ou ninharias iguais ou piores à que tinha. Abalou-se — seria crível que não arranjasse nada?! Seria possível que naquela imensa cidade não houvesse uma colocação em que pudesse ganhar honradamente o suficiente para manter um lar? Mas não deixou transparecer o abalo aos olhos da namorada. Sofria calado. Ria com ela, enchia-a de esperanças.

— Então, já arranjou alguma coisa?

— Estou na pista. Os bons empregos não andam aos pontapés. Tenha calma.

— E eu não tenho calma?

— Tem, meu amor. Tem muita.

José é que já estava perdendo a sua, quando indiretamente, de quem menos esperava, foi que a saída lhe veio — Gumercindo.

Gumercindo era débil e amava os músculos. Amava e invejava. A fortuna para ele resumia-se na participação dos esportes violentos — boxe, futebol, luta livre, capoeira. Foi com uma ponta de despeito que dissera, ao ver o companheiro de escritório, com presteza e sem grande esforço aparente, levantar para ele uma caixa de mercadorias pesando uns cinquenta quilos garantidos:

— Se eu tivesse a tua força, Zé, seria boxeador.

José teve um sobressalto — boxeador?! Ficou parado, pálido, olhando meio bestificado para um ponto vago. Batia o coração acelerado. Boxeador... Gumercindo se assustou:

— Que é que você tem?

Voltou a si:

— Nada. Estava pensando cá numa coisa.

Gumercindo não acreditava:

— Foi algum mau jeito que você deu, diga? Olha que é bom...

— Não. Não foi nada — sossegou-o, batendo uma palmada agradecida nas costas do colega, que conjeturou, afastando-se desconfiado —, este camarada está é sofrendo da bola.

José foi para sua mesa, pegou o lápis vermelho dos vistos, tomou os papéis, forçava lê-los, as letras como que fugiam, não conseguiu trabalhar, perdia-se numa ideia única. Verdade, tinha músculos, saúde, energia, agilidade. Possuía calma também e o boxe andava dando bastante. Pelo menos muito mais, tinha a certeza, do que um emprego como o dele e bem mais interessante, nem havia comparação. Que vida estúpida e igual a que levava! Que falta de heroísmo na tarefa diária de receber caixas de mercadorias da Europa, conferi-las, remarcá-las e remetê-las para os mesmos fregueses do interior. Que monotonia a de tirar sempre as mesmas faturas, somar as mesmas parcelas, averiguar os mesmíssimos créditos. E cada dia trinta receber o mesmo escasso ordenado, com as apreensões de uma dispensa possível. Sim, o boxe era um caminho, um bem apreciável caminho. Não duraria sempre, é claro, a mocidade não é eterna, havia a decadência, mas com os seus hábitos naturalmente regrados poderia fazê-la demorar. E contando com ela, nada de imprevidências. Dinheiro para o lado. Quando chegasse, afinal, teria um pecúlio garantido, se não grande, pelo menos um pecúlio. Que é que tinha agora? Nada! E com um capital embora pequeno poderia, em tempo, enfrentar outro meio de vida. Talvez na carreira mesmo, como treinador, empresário, quem sabe?

31

O SOL É OURO, O MAR SERENO, a praia esfervilha de banhistas. Zuleica brinca com a areia. Era gostoso pegá-la, encher a mão, comprimi-la. A areia escorrega, escorrega, rangendo. Nas costas nuas os raios queimam. O rapaz estica-se ao lado, quase imberbe, pernas compridas. Há muito está para dizer que gosta dela. Mas a manhã, como outras, passava sem se decidir. Zuleica enche novamente a mão, novamente a areia escorrega — gostoso. Ele remexeu-se, tomou coragem:

— Estou louco por ti, Zuleica.

— Bonito título de valsa.

— Não zombe. É verdade. Pura verdade. Estou louco por ti.

— Acredito, como não acredito? A primavera é a estação do amor.

Estavam na primavera. Se ela não dissesse, jamais ele pressentiria. O céu é sempre azul, as montanhas imutavelmente verdes, os jardins não se cansam de dar flores o ano inteiro. Sim, estavam na primavera e ele apaixonado:

— Acredite, Zuleica. É do fundo do coração que te falo. Desde a primeira vez que te vi...

Ela travou-o com brandura:

— Já disse que acredito.

Ele levantou-se e, meio sentado, fez-se sério como um menino sério e lançou com sensível esforço:

— Você quer casar comigo, Zuleica?

Ela tomou um susto:

— Com você?!

O rapaz se envergonhou, emudeceu, uma ameaça de lágrimas nos olhos míopes. Zuleica, arrependida, tomou-lhe a mão:

— Perdoe...

Ele teve força de repelir a pequena mão suja de areia e ela procurou — já tarde! — a maneira de dizer que era impossível, sem ofender, sem magoar. Mas como não ferir o coração de um rapaz apaixonado? Não sabia. Sabia que era impossível aceitá-lo doutra forma, que não a de camarada. Impossível. Ele não tinha idade, nem posição — e não compreendia isso. E sentia-se culpada daquele desenlace — ingênuo rapaz. Sentia-se culpada — dera tanta trela!... Facilitara tanto!... — ingênuo rapaz. E tomada de piedade, cheia de ternura, teve vontade de beijá-lo como uma criança, quase com amor. Ele a olhava, mudo, inferior, presa dum vexame mortal, mas talvez com uma esperança ainda no mais fundo dos olhos adolescentes. Veio uma dor fina de remorso, um gosto de lágrimas na boca — não se podia brincar impunemente com o coração dos outros.

— Perdoe...

A mocidade não perdoa, mas esquece. O sol estava no meio do céu com todo seu esplendor. A lancha rompia as águas, espanejando-as, veloz.

32

— CARAMBA! Que azar cachorro!

Cavalcanti não se conforma — precisava se benzer nos Barbadinhos! Ninguém lhe tira dos miolos que a urucubaca é perseguição da alma de Sebastião. Desde que quis avançar na parte da viúva, tem andado erradíssimo. Apanhou do Teixeirinha, caiu como um pato nas unhas do investigador, quando tentava passar opaco a um negociante suburbano que já estava interessado na patranha. Apanhou processo, saiu, não demorou uma semana, deu novo bote em falso para ir mofar mais alguns meses nas grades. E era um golpe inteligente, tipo do golpe para arrumar um cidadão — venda em lotes duma fazenda na Covanca. Ele passava como o advogado da empresa imobiliária. Usava anel de grau, citava decretos e distribuía cartões de visita: dr. J. P. Cavalcanti. O Madeirinha era o intermediário. Já tinham embrulhado dois pacóvios. Uma gaveta aberta!

33

— QUE DIZ?

Guastini gostou do físico — tinha classe, poderia ser apurado —, mas não aprovava nem a cabeleira nem o bigodinho:

— Não dá certo, não, rapaz.

— Se a dúvida é esta, o barbeiro resolve.

O professor achou graça:

— Não. Não resolve. Também não é assim. Precisa um pouco mais...

E botou-o contra o Queixada, negro dobrado, que decaíra por relaxamento, mas que, conhecedor dos segredos do tablado, auxiliava-o no aperfeiçoamento dos novos alunos. Sem nenhuma técnica, mas desembaraçado, intuitivo e resistente, José deu boa conta do recado, defendendo-se e fazendo o veterano sentir a pancada. Guastini, cachimbo nos dentes, debruçado nas cordas, apreciava — pega seguro o novato. Tem bom jogo de pernas... Defesa um pouco aberta, todavia para quem nunca aprendeu não é má... Mostra instinto. Parou a prova, satisfeito. Queixada apertou a mão do improvisado adversário, abraçou-o:

— Eu por mim acho que você tem futuro, caboclo. Você tem sangue. O que falta nesta rapaziada hoje é sangue.

José, suando em bicas, com o corpo avermelhado dos socos, arfando, agradecia:

— Farei o possível.

Guastini aparentou prudência:

— Vamos ver. Pode ser fogo de palha só. Tenho visto muito disso.

— O senhor é que sabe.

— Bem, pinta você tem.

— Creio que já é alguma coisa, não?

— Que é, é. E agora para o chuveiro para não resfriar.

Combinaram um mês de treino intensivo. Caso confirmasse as qualidades, fariam um contrato e entrariam logo no mercado — era lutando que se aprendia. Nada ensinava tanto, meu velho, do que uma boa surra. E para principiar, com duas ou três lutas por mês — quatrocentos mil-réis. Guastini tiraria a comissão por fora.

— Está de acordo?

— Estou.

*

José, depois de largo circunlóquio, expôs o seu problema e a resolução que encontrara.

— Que é que você acha da ideia, Sussuca? Fale com toda a franqueza. Se você não gostar, nada feito. É pensar noutra coisa.

Sussuca adorava-o — tudo quanto fizesse estaria bem-feito. Desde que o dinheiro fosse ganho honestamente, para ela qualquer profissão servia — era, aliás, o que a mãe sempre dizia. José espremeu-a nos braços vigorosos:

— De outro jeito seria um bocado difícil casar tão cedo, meu amor.

Puseram-se a combinar e rapidamente chegaram ao resultado — dentro de um ano estariam casados.

— É muito?

— Não, está bom.

Primeiro tinham de ajuntar dinheiro, era lógico. Abriria, no nome dela, uma caderneta na Caixa Econômica. Acreditava poder depositar mensalmente todos os quatrocentos mil-réis, pois não deixaria o emprego. Isso é que não! Nada de arriscar o certo pelo duvidoso! Podia ser que não desse para a história, fosse só fogo de palha, como lembrara o Guastini, e seria pior a emenda do que o soneto. Além disso, se deixasse o lugar teria que lançar mão dos quatrocentos para viver, o que era mau negócio. Bom negócio seria viver do emprego como ia vivendo e guardar o que o boxe lhe trouxesse. Se no futuro rendesse mais, aí então largaria o escritório sem nenhum remorso e dedicar-se-ia exclusivamente ao ringue.

*

Os pais é que reprovaram. Eram de outro tempo, tinham outras ideias, conservavam mil tradições e preconceitos, não concebiam de maneira alguma que o filho pudesse ser um jogador de boxe.

— Isto não é profissão de gente decente, menino! É coisa de vagabundo, artes de saltimbancos — dizia o velho, agastado.

O irmão, estudante de medicina, não condenava. Achava graça na ideia, mas debicava-o:

— Pois eu tenho até muita honra em ter um Dempsey na família.

José admirava e respeitava o irmão mais velho. Via-o muito acima dele, cursando escola superior e vencendo na vida. Estudante ainda e já ganhava muito mais do que ele, ajudando os pais nas despesas da casa, o que quase não podia fazer. Dava injeções e massagens, preparava alunos para os vestibulares, conseguira um bico de vacinador num posto da Saúde Pública, escrevia nos jornais sobre assuntos complicados de ciência e literatura, artigos que ele lia com o maior interesse, mas que não conseguia compreender.

— Não zombe, Jorge. Tem dó! Nem todos dão para doutor. Vê se dá um jeito para que os velhos não fiquem zangados.

Se ficassem, ele sentiria imensamente, mas a resolução tomada era inabalável — queria se casar e pronto!, não voltaria atrás. Contava com Jorge para a pacificação. Jorge não era mais querido pelos pais do que ele, tinha certeza. Mas era infinitamente mais ouvido, mais acatado. Estabelecera autoridade junto aos velhos, que se sentiam orgulhosamente nulos ao pé do filho.

Jorge prometeu apaziguar os pais, esclarecê-los, conduzi-los ao bom caminho... Deixasse com ele, que arranjaria o caso, não tivesse dúvidas. Realmente arranjou, defendendo de noite, com desabitual veemência, a ideia do irmão.

— É uma profissão moderna, meu pai! O senhor tem de compreender.

— Eu não acredito em modernismos.

— Tem de acreditar! É o progresso.

— Bom progresso — resmungou o velho.

Resmungou outras coisas ainda. A mãe pondo-se em cena do lado do marido deu opinião: entrasse logo para um circo de cavalinhos!

Jorge riu:

— Mãe, não dê palpites. Deixe o rapaz. O que é que a senhora sabe do mundo?

— Dou sim, como não dou? — retrucou ela um pouco ferida. — Por acaso estou caducando? Circo de cavalinhos!

Acabaram aceitando. Jorge se animara. Discursava com abundância e elevação, de pé, passeando na sala. Falou das mil novas ocupações que o progresso criara. Era a luta pela vida, uma nova vida, a vida de hoje, acelerada, brutal, duríssima de concorrência, e que se resumia nisso: defenda-se de qualquer maneira! Acabara-se a hierarquia das profissões, acabara-se o privilégio dos doutores. Boa profissão é a que rende mais. Havia uma nova mentalidade. Citava exemplos, mostrava fatos, profetizava o futuro: É o mundo que muda!

Eles eram do tempo antigo, mas admirando tanta facilidade, tanta inteligência, tanto saber, iam-se deixando persuadir — sim, ele não deixava de ter razão. Jorge voltou ao tom alegre: E que é que o Zé queria com isso? Arrumar a sua vida e casar, isto é, afogá-los com uma chuva de netos! Os velhos entreolharam-se entre confusos e risonhos. Jorge, então, deu o xeque-mate, apelando para os corações que eram fracos: tinham coragem de contrariar o Zé, um filho dedicado, amoroso — um filho exemplar! —, que jamais lhes dera um aborrecimento sequer? Não. Eles não tinham.

34

APESAR DOS MALES do estômago, o velho Rodrigues marchava rijo para os sessenta. Casara-se relativamente tarde, por dificuldades sérias na vida. Mas amara cedo. Durante quinze anos dona Matilde, que era filha adotiva dum comendador pobre, mas rico de preconceitos, esperara pelo grande dia. O namorado lutava. Filho dum lugarejo à margem do Paraíba, começara humildemente como caixeiro, o primeiro emprego que conseguiu quando, rapazola, viera para a capital tentar a vida. Dormia nos fundos da venda. De noite estudava à luz da vela. As privações eram fortes, mas a coragem sobrava. Ia subindo. Galgou postos. Afinal o esperado dia chegou — o noivo era guarda-livros. Rodrigues, nesse tempo, usava bigode torcido nas pontas e colarinhos engomados, como era da moda. A moda foi embora, vieram outras, muitas outras, o bigode e os colarinhos ficaram.

Casou-se num sábado de maio e na segunda-feira estava na carteira alta encolunando os lucros da firma. Os lucros não eram notáveis, tanto assim que ao cabo de cinco anos a casa faliu. O velho Rodrigues, que já tinha os dois filhos, criara amizades com a lisura de seu procedimento e conseguiu com facilidade outro emprego numa firma sólida, cujos sócios não eram como os da outra, dados a amantes, cavalos de corrida e passeatas pela Europa. Assim, foi tocando a vida. Se não dava para enriquecer, deu para viver. Se não era farta a vida, era decente. O velho Rodrigues se sentia feliz. Os anos vinham, os anos iam. Fora os cabelos que encaneceram e caíram, o tempo respeitou-o — ele era o mesmo, operoso, pontual, contente com o mundo. Só um desgosto punha-lhe vincos na testa estreita — não ter uma filha. Era uma tristeza. Ficara nos dois pequenos. Dois marmanjos!, dizia, com um acento de magoada ironia, aos amigos que lhe perguntavam pela prole. Dois marmanjos! Enfim, eram bons meninos, felizmente. Não nutria preferências, todavia não podia deixar de admirar mais a Jorge, mais inteligente, mais aplicado, fazendo figura nos colégios, brilhando em qualquer parte em que se metesse. Para compensar dera-lhe mais trabalho. Um pouco rebelde, altaneiro, respondão, muito nervoso. Já o José era um cachorrinho manso.

Um cachorrinho manso... — era também a opinião de dona Matilde, que durante toda a vida de casada não fora outra coisa para o marido. Não riscava um fósforo sem perguntar a ele: — Que é que você acha, Osório? Ele poderia dar a opinião mais absurda do mundo, que ela achava certa: — Tem razão, Osório.

Osório tinha sempre razão e nos últimos anos um padecimento do estômago, que a martirizava tanto quanto a ele. O velho Rodrigues sofria. Sempre fora um bom garfo, tendo até uma certa vaidade em confessá-lo. Amava sobretudo os bons ajantarados dominicais. Enterrava-se nos cozidos, nos empadões, nos vatapás, nas apimentadas muquecas — em que a mulher se revelara uma notabilidade —, nos vinhos portugueses que trazia, sabiamente escolhidos, da cidade. Ia depois, palitando os dentes repleto e satisfeito, fumar para a varanda.

A varanda dava para o jardinzinho. Olhava as cravinhas, as hortênsias, os girassóis, com o olho terno e amolecido pela digestão. Era um prazer. E via-se privado dele! Dr. Romeu, o especialista da escola alemã, prescrevera-lhe uma dieta severa, não se responsabilizando por imprudências. Como era prudente, sujeitara-se ao regime sem temperos, de chochos e insípidos macarrões, pirês e verduras cozidas. Mas foi ficando um tanto ácido contra os que podiam arrostar a temeridade duma bacalhoada ou dum lombinho de porco com farofa. A mulher penalizara-se — coitado do Osório! Tem razão. Fica com água na boca. Era tão guloso... E, piedosa, começou a participar do regime dele, para lhe dar coragem. O marido sensibilizou-se:

— Ó não, Matilde, que tolice!

Não adiantou. Pela primeira vez desobedeceu-o. Continuou no seu propósito. Ficaram mais amigos. Seu Rodrigues é quem repartia as rações:

— Você quer mais desse pirê, Matilde?

Ela aceitava. Ele bebia água em quantidade marcada e contava aos amigos no escritório que a mulher era uma santa! Os filhos, que tinham comida separada, ao vê-la sorrindo naquele sacrifício, não manifestavam outro juízo a respeito de tanta bondade — uma santa!

35

INICIOU-SE UMA NOVA vida para José. Acordava às cinco da manhã e às cinco e meia estava no ginásio, que ficava na rua Marquês de Abrantes. Fazia primeiramente uma sessão de sueca, passava para o medicine-bol, praticava minutos de punchingue-bol, dava no saco de areia, pulava corda. Após um rápido descanso com exercícios respiratórios, alguns raundes sob o controle mais direto do Guastini, e corria para o chuveiro. Às oito e meia, com a pontualidade costumeira, entrava no escritório.

Abandonou o fumo, evitava determinadas comidas, voltava mais cedo da casa da namorada.

— É preciso método — desculpava-se.

Sussuca era compreensiva:

— Faz muito bem. Tem de dormir cedo.

Mas bem que sentia os rigores do método, que a privava de alguns minutos para ela preciosos.

Raspou o bigode, cortou o cabelo à americana. Quando chegou em casa tosado, a mãe levou um susto:

— Santo Deus, que cara horrorosa!

Pensou também em cara de bandido, mas arrependeu-se do que disse e do que pensou. José abraçava-a pela cintura:

— Como é, estou muito feio?

Estava diferente, consertou ela. Precisava se acostumar. E olhava-o muito, balançando a cabeça, quando o via de costas.

Não ficaram aí as mudanças. Guastini trocou-lhe o nome ainda. Dava razões. José Rodrigues não era nome que pegasse — era muito corriqueiro. Precisava arranjar um nome de guerra, um nome sonoro, um nome sugestivo — um nome para cartaz, você compreende, não é? Estava com um engatilhado: Tommy Jaguar.

— É de abafar a banca, menino!

José não teve nada contra. Ficou.

36

— Olha a rã!

O grito de alarme parte duma esquina. É a polícia que vem.

Há severas medidas policiais que o mulherio infringe, por negligência ou displicência dos guardas, senão por interesse que estes tenham em fazer olho morto. Entretanto, o comissário de plantão faz as suas surpresas.

— Olha a rã!

O grito de alarme cresce com a repetição. São milhares de bocas bramando-o entre palavrões.

— Olha a rã!

Luzes se apagam, batem-se portas, correm com estrépito as cortinas de tabuinhas. A autoridade passa. Atrás dela vai a vaia tremenda.

Homens sinistros voltam a abrir embrulhos de rótula em rótula. São chinelos, cofrezinhos de madeira, potes de vaselina perfumada, sabonetes baratos, bonecas mascotes, imagens de são Damião e são Cosme, uma legião de objetos inconcebíveis.

37

TOMMY JAGUAR ESTREOU com sucesso nocauteando Bill Cardoso no Estádio Riachuelo, mas na semana seguinte, apesar de mais forte, mais impetuoso e amparado pela ruidosa simpatia da assistência conquistada pela sua lealdade e imperturbável jovialidade, só logrou um empate nos seis turnos que fez com um argentino decadente.

O resultado foi decisivo para a carreira. Viu que Guastini, um bom sujeito, não era o homem a quem pudesse entregar sem risco o futuro. O velho boxeador, pouco inteligente, contava demasiado para a vitória com as suas qualidades naturais — físico, calma, hábitos moderados e alguma malícia. Não negava que era muito; o argentino, porém, mostrara cabalmente o que lhe faltava — técnica apurada.

Não abandonou os conselhos, nem a amizade de Guastini, que parecia sincera, mas tratou de se preparar um tanto mais por conta própria. Comprou sobre o assunto livros e revistas estrangeiros, que o irmão traduzia. Orientou-se nos mais modernos métodos de treinamento, estudou golpes e estilos, pedia explicações sobre anatomia e sobre o funcionamento de certos órgãos do corpo humano e o acadêmico, satisfeito por poder revelar os seus conhecimentos e manifestar ainda uma vez a sua nunca desmentida superioridade intelectual, excedia-se em ministrar-lhe noções complicadas de fisiologia e ensinamentos não menos complicados sobre a localização e o papel dos centros nervosos. No meio do sobejo ia a matéria útil. José, atento, aprendia. Aprendia e aplicava nas lutas-treinos os conhecimentos adquiridos. Dava certo. E, certo de que ia por bom caminho, prosseguia. Quanta coisa básica Guastini ignorava! Regimes alimentares, horários, métodos racionais de adestramento, conhecimentos de anatomia e fisiologia, medidas indispensáveis de higiene... Quanta coisa! E Guastini, no meio pugilístico, passava como autoridade indiscutível... Viu que a insuficiência do nosso boxe não residia, nem resultava dos pugilistas. Decorria da incapacidade dos treinadores, uns ignorantões, analfabetos, uns pobres-diabos. Outros mestres, outros seriam os discípulos.

Tal foi o progresso realizado pelo rapaz, que Guastini se entusiasmou — está me ficando do balaco! — e envaidecido espalhava que o menino era obra dele. José consentia. Bom Guastini. Tão companheiro, tão mão-aberta, tão ridículo com a mania de perseguir mulheres gordas.

Venceu três lutas espetacularmente. Tornava-se popular. Não tinha água nas veias, diziam dele como elogio. Tem técnica e é durinho de roer no corpo a corpo, acrescentavam os mais entendidos.

— Não dou três meses para se entrar bonito nas massas — assegurava o *manager*, fazendo um gesto peculiar que significava dinheiro à beça.

— Boas falas!

38

FOI ENORME O ESPANTO de Rizoleta:

— Você por aqui?! Pensei que tivesse morrido.

O caboclo, acanhado, não passava da porta e escondia o embrulho atrás das costas.

— Dá cá o pé. Que é que você traz aí?

Ele estendeu a mão, entrou, entregou o embrulho. Continha uma mantilha espanhola, pura seda escarlate, com bordados espaventosos de flores. Rizoleta abriu a boca numa admiração ilimitada:

— Papagaio, gostei de ver!

As polacas também se entusiasmaram, pegavam, calculavam o preço — era troço caro! —, invejavam. O caboclo ria, embevecido. Era embarcadiço, tinha paixão por Rizoleta. Propusera-lhe viverem juntos, sair dali. Ela não quisera — não tem futuro! O homem era tímido, concordara, dava-lhe muitos presentes. De cada viagem trazia um mimo exótico e custoso. Dois dias de amores e lá se ia novamente ao mar num cargueiro vagaroso, que fazia a linha da Europa. Da última viagem o sumiço fora maior, bem maior, talvez de ano. Rizoleta chegara a esquecê-lo.

— Onde você andou, Arquimedes? Conte lá!

Arquimedes andara na Europa como de costume, mas como o navio se avariara seriamente, depois de uma tempestade no mar do Norte, prendera-se meses num estaleiro de Hamburgo.

— Onde fica isso?

Ficava na Alemanha, informou, e a mulata levou-o logo num deboche danado, enchendo a boca, inventando uma porção de palavras atrapalhadas para imitar alemão falando.

— Está pescando, meu santo? Também sei falar língua de cachorro.

O embarcadiço ria-se a perder — não havia outra como ela! As polacas voltaram para as rótulas, operosas, infatigáveis no estribilho:

— Vem cá, belezinha. Vem cá. Escuta. Quero falar uma coisa.

Lolote variava um pouco. Tinha particularidades:

— Vamos fazer uma brincadeira gostosa? — e piscava o olho pardo, dava estalidos com a língua, prometia mundos de voluptuosidade.

Rizoleta enrolara-se na mantilha, dançava. O caboclo, acostumado, entrou no tabique, sentou-se na cama. Trazia a carteira sempre recheada. Colocava-a, tentadoramente, sobre a mesinha de cabeceira. Saía com ela vazia no outro dia.

Rizoleta deitou-se ao seu lado, já meio nua, pousou-lhe a mão no peito:

— Hoje você não dorme aqui, ouviu?

— Não durmo?! Por quê?!

Rizoleta quis mentir, sentindo brotar do fundo do coração uma súbita piedade por aquele homem pacato e desajeitado, que tantos presentes lhe dava, que partia para terras distantes levando sempre a sua lembrança, que tentara tirá-la daquela vida. Negar-lhe uma noite? Quis mentir. Ele olhava-a, covarde, ansioso, esperando, dobrado sobre o travesseiro. O olhar exprimia uma imensa fraqueza que, abrindo a bolsa, mendigava carícias. Ela jamais suportara isso. Não era de um homem! Tolerava-lhe a bondade, nada mais. Aceitava-o com mais carinhos, porque ele pagava melhor. E o olhar esperava ainda. Disse a verdade crua sabendo que ela doeria como uma punhalada:

— Porque eu agora tenho um homem, Arquimedes.

O caboclo levantou-se. Era baixo, imberbe, queimado do sol, troncudo. Os olhos brilhavam redondos e doloridos. Não disse uma palavra. Pegou o boné. Por que razão aquela mulher não o queria? Por que o maltratava daquele jeito? Por que o fazia sofrer tão cruelmente? Deu dois passos para a porta. A carteira ficava. Rizoleta travou-o, meio arrependida:

— Ficou zangado comigo? Pensei que você nunca mais voltasse.

Ele virou-se e enlaçou-a como um desesperado — ela era a sua luz, a sua alegria, o leme de sua vida! Chorando, numa crise, queria saber quem era o homem. Compreendia que ela fosse de muitos, de todos, mas não admitia que fosse de um só, senão dele.

— Quem é? Quem é?

Rizoleta, trêmula, acalmava-o:

— Um homem, Arquimedes. Para que saber mais?

A quentura do seio macio envolveu a cabeça raspada do caboclo. A cama os recebeu para uma hora só. Ele gemia. Iria para longe. Muito longe! Nunca mais voltaria. Deu-lhe uma fúria — agarrou-a, os olhos possessos, sanguíneos, tentou estrangulá-la. Rizoleta gritou por socorro — desvencilhou-se. O caboclo desfalecera, estrebuchava sobre ela. Tinha os olhos virados, a boca espumava. Levou-o a Assistência.

*

Agitada, medrosa, entre lágrimas, Rizoleta contou a verdade, apelou para as polacas, mostrou a mantilha, mostrou a carteira. Teixeirinha, que ouvia carrancudo, contou o dinheiro — 420 pilas.

— Está bem. Fosse morrer pra longe! — e embolsando, sorridente, o dinheiro: — Deixa que eu guardo a alma...

Rizoleta nem viu o gesto, nem compreendeu as palavras. Cada vez mais nervosa, pedia-lhe que soubesse de Arquimedes na Assistência, coitado! Ele estava muito mal, ele iria morrer.

— Você está com ovo!

— Vai, Teixeirinha. Vai.

— Não chateia!

Rizoleta, fora de si, implorou, de mãos juntas.

— Pelo amor de Deus, Teixeirinha! É uma caridade. Pelo amor de sua mãe! — chorava.

— Você está louca! — retrucou Teixeirinha.

Como se tivesse recebido um choque, a mulata dominou-se e gritou:

— Pois vou eu! Ele precisa de mim. Ele vai morrer. Ele não é nenhum cachorro da rua!

Teixeirinha tirava o paletó:

— Cai na asneira...

— Vou!

Segurou-a pelo punho, colérico:

— Toma pra ficar quieta! Toma! Toma!

As bofetadas cantaram em plena cara. Rizoleta caiu na cama, esgotada, vencida, soluçando. Ele esticou-se ao lado, indiferente, fumando. As polacas cochichavam.

*

Rizoleta no dia seguinte pensou em ir à Assistência, mas não teve coragem. Pondo dez mil-réis na mão de sá Maria, pediu que ela fosse:

— É uma caridade!

Sá Maria negaceou, muito sabida — não queria se meter em alhadas, tinha medo do sor Teixeirinha.

— Vinte, sá Maria!

Foi por trinta, com muita lamúria ainda — não gostava de encrencas... se sor Teixeirinha soubesse ia haver sarilho...

— Não sabe, não, sá Maria. Juro! Juro! — beijava os dedos em cruz.

Na Assistência não souberam informar nada. Saíra de manhã, parece. Mas ninguém vira, ninguém sabia. Os plantões eram outros. Só diziam que tinha sido um ataque, duma coisa que sá Maria não repetia. Tinha sido um ataque.

Rizoleta desconfiou da portuguesa. Seria crível que não soubessem do rapaz?! Pedia mais informes: se fora no lugar direito, se falara com os médicos mesmo — quem sabe se ela falara com qualquer um lá à toa?

A mulher, melindrada, protestou: não era nenhuma tola, com a graça de Deus! Sabia onde tinha o nariz. Falara só com doutores formados.

39

O PESSOAL MIÚDO do escritório já andava invocado com a nova aparência do colega.

— Que foi isso, Zé?

— Calor.

— No inverno? — duvidavam.

Limitava-se a sacudir os ombros com um sorriso que irritava os curiosos:

— Para vocês verem.

Afinal, uma segunda-feira, a novidade ocorreu como relâmpago — o José é boxeador. Gumercindo é quem espalhou. Gumercindo é quem sabia — com o nome de Tommy Jaguar! Percorria as seções, mostrava-se radiante:

— Eu vi!

Sim, tinha visto a terceira exibição de José. Fora uma preliminar ainda, mas para Gumercindo assumira a importância de principal — ele conhecia o boxeador! Ele era colega do boxeador! Bem que desconfiara do cabelo raspado... Aquilo não era cabelo que enganasse ninguém... E a admiração pelo companheiro de trabalho rompeu com o vigor duma chama invencível, atingiu alturas nunca vistas, passou a ser uma obsessão. Vivia colado ao seu herói, elogiando-o, apalpando-o, dando palpites, pedindo opiniões: Você não acha que Jack Kraner vence o lituano? Você não acha, José, que o Carnera é massa só? Trazia recortes dos jornais: Você leu esta? José não havia lido, mas as notas mais sumidas não escapavam aos olhos catadores de Gumercindo. Exigiu, com autógrafo, um retrato do ídolo para ter em casa; o mesmo retrato que as seções esportivas semanalmente estampavam, agora que "seis vitórias consecutivas, contra esmurradores de classe, faziam de Tommy Jaguar mais do que uma esperança, uma esplêndida realidade no pugilismo nacional", como afirmava de cadeira o róseo *Jornal dos Sports*.

José maçara-se a princípio com as impertinências do rapaz, mas não lhe dera a perceber que era importuno. Não tinha feitio para suscetibilizar ninguém. Aturava-o com paciência. Mesmo precisava de claque, de propaganda, e Gumercindo tornara-se um verdadeiro fanático. Não perdera mais nenhuma luta e passara a entrar sempre abraçado ao ídolo para não pagar. Ao fim de algum tempo, a tolerância de José se transformou em amizade. Gumercindo quase que substituíra o massagista Espoleta, segundo de todos os pupilos de Guastini. Espoleta achava graça e, malandríssimo, folgava. Só subia mesmo ao ringue para massagens indispensáveis. Do resto Gumercindo se desempenhava prazenteiramente. Segurava o balde com a esponja, postava-se junto às cordas incentivando José, limpava-lhe o suor e abanava-o com a toalha nos intervalos, tudo com zelo inexcedível. E dizendo-lhe segredos ao ouvido, malhando-lhe, no início dos raundes, palmadas animadoras nas costas, dava expansão ao máximo orgulho da sua vida — brilhar diante das multidões como um íntimo de Tommy Jaguar!

40

Inês do Barulho tirou sangue da cara da companheira. Inês do Barulho, quente de parati, pintou os canecos no botequim do Leandro. Por ciumeira brava anavalhou o amásio, Moleque Catumbi, que se metera com outra negra. Desacatou o comissário, foi para o distrito aos encontrões, teve clichê nos jornais.

Fosse antes e Rizoleta, que a trazia atravessada no pescoço, teria dito:

— Bem feito!

Agora não. Anda melancólica, cheia duma vaga incerteza, tem pena:

— É o que dá dar confiança a homem.

41

— VOCÊ NÃO SENTE os socos, José?

— Então não havia de sentir, filhinha? Soco é sempre soco. Mormente se pega...

Sussuca entristeceu-se. Realmente devia sentir e sentir muito. Era uma brutalidade, uma selvageria. Esteve para pedir-lhe que abandonasse as luvas, procurasse outro meio para ganhar mais, que ela esperaria o quanto fosse possível. Ele, porém, ria tanto, virando e revirando nos dedos a caderneta da Caixa Econômica, que não teve coragem. Dois contos e pico já estavam garantidos, contando juros. Com um ano assim próspero — um ano passa depressa, não é? —, teriam as finanças em bom pé. Os primeiros três contos seriam para a partida de linho belga — iam adiantando o enxoval. Depois ajuntariam para a mobília, os pertences, a louça e a tralhada de cozinha. Por fim, a roupa feita, coisas de última hora e uma lua de mel bem grande em Petrópolis.

— Que tal?

— Esplêndido!

Sussuca não conhecia Petrópolis:

— É linda, não?

— Frio um pedaço! Chove pra burro!

— Mas não é linda?

— É uma maravilha! Hortênsias por todos os cantos. Parece um jardim.

Dona Nieta cochilava na cadeira de balanço. Zuleica foi entrando, batendo palmas:

— Licença pra uma?

José soubera coisas desagradáveis a respeito dela e, para reforçar, duas vezes a vira na cidade com um rapaz, num automóvel fechado, em atitude muito pouco recomendável para uma moça séria. Era amizade que positivamente não convinha. Sem rompantes, sem ofendê-la, poderia a noiva se descartar dela.

— É má companhia — dissera a Sussuca. — Não serve para você.

Sussuca defendeu-a com desusada energia:

— Falam demais, José. Não vá atrás da língua dos outros.

— Não, Sussuca. Não estou dando ouvidos a ninguém. Eu vi.

Sussuca não contestou, mas perguntou:

— Você não tem confiança em mim?

— Que dúvida, meu amor!

— Pois se tem, deixe a Zuleica em paz. Não me proíba a amizade dela. Me doeria muito. Desde criança tem sido minha amiga, você está farto de saber. Mas amiga sincera, amiga de fato, quase uma irmã. O que ela faz na rua, meu bem, é feio, eu sei que é, mas não me atinge. Deixe ela. Não há ninguém perfeito. No fundo você deve ver que ela é muito boa.

José relutou:

— No fundo... Pensando assim, todo o mundo é bom.

Sussuca gemeu:

— Está bem, José. Não é preciso brigar. Sou toda tua, farei o que você quiser.

José quis foi pedir perdão. Sentiu-se estúpido, mesquinho. E o abraço que deu pedia bastante. Sussuca devolveu-lhe um olhar agradecido, caiu em seus braços:

— Tu és um amor!

Gostava de Zuleica, apesar de todos os seus defeitos. Era uma amiga verdadeira. Sendo como era, jamais tentara arrastá-la. Em muita hora amarga foi junto dela que encontrou carinho, amparo, compreensão. Deviam-lhe favores, ela e a mãe. De muitos apertos foi Zuleica quem as salvou, emprestando dinheiro, pedido ao pai, que era negociante, trazendo coisas, arranjando freguesas para as costuras. Repudiá-la seria uma ingratidão, seria uma baixeza, um ato inominável. Se José obrigasse, ela cometeria este ato. Estava agradecida. Afagava-o.

Zuleica entrou na sala, com a boina na mão, estabanada, atropelando a cadeira. Trazia uma blusa de tricô que, muito justa, desenhava-lhe os seios pequeninos. Passava o batom cor de sangue além do contorno dos lábios, o que lhe fazia a boca maior, quase retangular, e lhe emprestava um maior poder de atração, acréscimo talvez supérfluo. Não havia almas tristes que resistissem à sua alegria.

— Como me vão estes graciosos pombinhos? — piscou o olho maliciosamente: — De beijos parece que nada, não é? — e apontando dona Nieta, com cara de quem a responsabilizava por um crime inqualificável: — Também com esta sentinela... Vá dormir, dona Nieta. Deixa a mocidade agir!

Dona Nieta gostava dela quase como duma filha:

— Esta pequena!... — e espremia um riso desconjuntado, na boca de poucos dentes.

Zuleica tinha ido durante o dia à Feira de Amostras, para variar. Andava paulificada de cinema, nem havia fita que prestasse.

— Vocês ainda não foram?

— Não. Que tal, boa?

— Três quartos — e com um suspiro de alívio entornou-se no sofá. — Puxa! que fiquei pregada de tanto ver amostras sem ganhar nenhuma.

— Nenhuma?! — indignou-se dona Nieta, que só concebia a feira como um meio de se armazenar amostras de dentifrícios, pó para arear talheres, mate, biscoitos, sabonetes etc., amostras que ela, imperturbável, solicitava três, quatro vezes no estande que as distribuía e dizendo, cada vez que recebia, "que não conhecia, mas iria experimentar".

— Nenhuma, dona Nieta. E com todo o meu *it*.

42

— MATARAM O MEIRINHA, sabe?

— Não diga!...

— Chumbado na ponte dos Marinheiros.

A notícia correu de boca em boca. Chofer de praça, desordeiro temido na roda da malandragem, onde também era conhecido por Noventa, morava, por assim dizer, na zona, dormindo cada noite num bordel. Tinha um fraco — carregar o automóvel de vagabundas e lá ir com os amigos, embriagados, a toda velocidade, pelo silêncio largo das madrugadas, para as areias do Leblon.

A reportagem fotografou-o tal como foi encontrado — com dois tiros furando o peito, braços abertos em cruz, cabeça dolorosamente torcida, numa poça de sangue. Estava de branco. Os investigadores andavam no rastro do Bechincha Beleza, recém-saído da Detenção. Fora vingança! A carta, datada de meses antes, tinha sido achada dentro da carteira profissional e os jornais transcreveram-na, corrigindo a pontuação para melhor clareza:

Casa de Detenção, 1-9-32.

Noventa, o senhor não é desconhecedor de que esta mulher é minha e o senhor anda com suas invocações com ela, quando a vê na rua e mesmo quando ela está na porta de casa. Não julgue que seja ela que me conta, mas outras pessoas que têm presenciado você se prevalecer de eu estar aqui e não poder agir, pois se eu estivesse aí, você e ninguém procuraria conquistá-la. Fique sabendo que estou condenado a dois anos, mas não admito que você e nem tampouco quem quer que seja se prevaleça de eu estar aqui para conquistá-la ou desfeiteá-la, porque não me conformo que ela seja desfeiteada. Em todo tempo que eu puder, tirarei desforra e, para melhor lhe dizer, por causa dela não estou ligando perder a vida ou ficar para sempre na cadeia. Quem fala assim não engana. Eu vou ficar por aqui, porque não posso falar com você pessoalmente. Mas como não estou enterrado na cadeia, não faltará ocasião. Lamento estas misérias que estou aqui sendo sabedor, o que não acontecia quando eu estava na minha liberdade, mas o que me resta lhe dizer é que, se você está procedendo desta maneira e se aproveita de eu estar aqui, é uma grande covardia da sua parte. Mas como você de vez em quando está dando entrada aqui, eu conversarei melhor, então. Só quero é lhe fazer ver para que depois não diga que ela é chave de cadeia, no mais você proceda como entender.

(a) Astório Benedito Pereira, vulgo Bechincha Beleza.

Teixeirinha fez o epitáfio:

— Era macho até debaixo d'água!

Bebe cerveja. Rizoleta não diz nada. Tem pensamentos tristes. Morrer é triste. É domingo, mas não passa ninguém.

Chove. Chove torrencialmente. A chuva abafa o barulho dos alcouces. A água cobriu a rua, subiu às calçadas, ameaça as casas. É barrenta, é imunda. Os detritos vão arrastados na correnteza. Lolote fuma, Frida ronca, espapaçada na cadeira. Chega a lembrança de Arquimedes. Arquimedes tinha olhos de carneiro e a voz melosa. Por onde andaria Arquimedes? Arquimedes quisera matá-la. O arrepio percorreu-lhe o corpo de alto a baixo. Morrer é triste. Arquimedes talvez tivesse morrido. Morrido longe... Morrido? O amásio insulta o aguaceiro que o prendia. Se matassem o Teixeirinha?

43

SUSSUCA AINDA NÃO assistira a uma luta do namorado. Ele não deixava:

— Não é espetáculo para você. Fique em casa que é melhor.

A moça contestava, dizendo que estava farta e ensopada de ver no cinema, José porém desfazia:

— Cinema é uma coisa, mas a realidade, comigo lá em cima apanhando, é outra muito diferente. Você não suportaria.

A verdade não era esta. Temia que a presença da noiva o perturbasse. Precisava de calma. Só acalentava uma ambição — vencer. Vencer era subir, era valorizar-se, era ganhar dinheiro. Ele precisava era de ganhar muito cobre logo.

E estava ganhando. Reformou o contrato com Guastini em melhores condições. Não jogaria senão com bolsa estipulada. Cada luta daria 15% a ele — servia? Guastini aceitou — estou conforme. Pegara o primeiro combate de fundo, contra um adversário de categoria. Seu retrato (mostrando a guarda predileta) pregara-se nos muros e nos andaimes da cidade. Os jornais falaram bastante. Deu entrevistas: "Sem menosprezar o meu leal e valoroso adversário, estou confiante quanto ao resultado do meu primeiro encontro de responsabilidade." Al Perez, por seu turno, também confiava. José, porém, é que levou a melhor. Mal soara o gongo para o segundo raunde, encaixou um direito seguro que mandou Al Perez para as estrelas.

O caminho se abria afinal. Era aproveitar. Abandonou o emprego para dedicar-se exclusivamente ao pugilismo profissional. O chefão rubicundo e cortês apertou-lhe a mão, desejando-lhe um futuro vitorioso. Os colegas lamentavam a perda (Baltazar secamente). Fez por sorrir, disfarçando uma tristeza súbita, que não suspeitara poder sentir.

— Que diabo, gente, eu não vou sumir!... Não irei esquecê-los. Sempre que puder virei por cá.

Ali enterrara cinco anos. Cinco anos para seis, dia a dia, sem uma falta, entre as mesmas pessoas, com os mesmos afazeres, o mesmo horário, os mesmos bocejos, as mesmas intrigas — fulano disse, sicrano fez... Veio-lhe uma saudade antecipada dos objetos familiares que deixaria — a velha máquina de escrever, alemã e barulhenta, os arquivos verdes, o calendário perpétuo, a almofada da cadeira, o ventilador emperrante, a janela sem paisagem, telhados só, onde pardais pousavam e nos dias de chuva a água escorria com um chiado sutil e adormecedor. Veio-lhe uma saudade, sim, porque entre os objetos que deixava, dentro daquela cotidiana monotonia, por cinco anos, a caminho de seis — como o tempo voa! —, fora feliz.

*

Gumercindo despediu-se também no mesmo dia. Apegara-se de tal forma ao amigo, que uma separação seria desesperadora. Abriu-se com José: ganhava uma miséria, como ele não ignorava. Isso ou nada, tanto lhe fazia. Assim, queria ir com ele. Ajudá-lo-ia no mais que pudesse. Não era malandro.

Deixasse a imprensa a seu cargo, que haveria de ver — Tommy Jaguar não sairia um dia do noticiário. Ficaria como segundo, ficaria como roupeiro, ficaria para o que ele achasse! Queria era permanecer junto do amigo.

José comoveu-se com a dedicação do companheiro e abraçou-o:

— Você, Gumercindo, você não é deste mundo.

Gumercindo também se comoveu. Queria falar umas coisas que sentia, começou, embaralhou, recomeçou, não conseguiu. E José lembrou-lhe:

— Mas como você vai se arranjar, Gumercindo? Eu não posso dar muito...

— Não estou pedindo nada. Quero é ir com você.

— Mas você precisa de dinheiro, como é? Ninguém vive de brisa.

Arranjava-se. Tendo para bonde e cigarro, estava pronto, não se preocupasse. Deixasse com ele. Ele se defenderia. Contudo, José se preocupava — assim não! Temos que dar um jeito. Pensou em cantar o Guastini — boa ideia! O Guastini precisava dum auxiliar como o Gumercindo para a escola, que vivia numa bagunça indescritível. Gumercindo era rapaz de confiança, esforçado, muito dedicado. Escrevia regularmente à máquina, conhecia praxes comerciais e era esperto.

— Vou ver se consigo um bico com o Guastini para você. Eu entro também com um bocado para melhorar, deixa estar.

Gumercindo estava por tudo.

44

A CASA NÃO ERA PRÓPRIA, mas como se fosse. O velho Rodrigues morava nela há mais de vinte anos. Paga uma ninharia, o senhorio, porém, não quer saber de outro inquilino. O velho Rodrigues vivia fazendo consertos por sua conta. Melhorou o banheiro, muito antigo, sem conforto. Pôs fogão a gás e azulejos na cozinha. Transformou o alpendre acanhado numa ampla varanda coberta. O jardim ficou um brinco nas suas mãos de jardineiro amador. Parava gente para admirar a simetria e o viço dos canteiros, a limpeza das ruazinhas de pedra branca picada. De tempos em tempos lá vinha uma pintura para variar. Quando fez a varanda, então foi uma pintura em regra. Óleo na sala de jantar e friso de frutas. Óleo na sala de visitas e barra de silhuetas. Na varanda quis uma marinha. Com chapéu de aba larga e gravata pufante, o pintor veio e executou o desejo. Chamava-se Costa e assinou o trabalho, com o cuidado de encimar a assinatura com os dizeres: paisagem imaginária. Havia pedras, ondas quebrando, garças no céu, ruínas gregas na praia relvosa, velas fugindo. O velho Rodrigues apreciava muitíssimo:

— É de artista!

Algumas visitas tinham a mesma opinião. Dona Matilde sorria modesta:

— É gosto do Osório.

Sussuca também gostou:

— Tão bonita. Tão bem-pintada!

Já andava de aliança no dedo e viera um domingo para almoçar e conhecer os futuros sogros. José se multiplicava em atenções. O velho Rodrigues impressionou-se favoravelmente com a moça:

— Parece boa menina, mulher. Simples, sem histórias...

Dona Matilde ia além:

— É uma pomba! Nunca vi um gênio assim, tão cordato, tão sossegado... E que modos!

Concordaram que o filho tivera juízo de sobra, faria um excelente casamento. Era do que Jorge aliás precisava — uma criatura dócil e ordeira como Sussuca para pôr termo à sua vida desleixada. Ele retrucou:

— Mas não tão cabeluda, pelo amor de Deus.

— Engraçado!

— Não estou brincando, não.

Achara-a insignificante. A simplicidade parecia-lhe acanhamento de espírito, ignorância. Fisicamente, "muito infelizinha..." com aquele nariz arrebitado, com o queixo cortado, os dentes desiguais e acavalados, com as pernas grossas e malfeitas, com o andar de pés para dentro como o dos periquitos:

— Não, meus queridos. Tenham paciência, mas é fracota a garota. O Zé afinal tem boa pinta. Podia arranjar coisa melhor.

Os velhos protestavam:

— Muito bonita, muito boa, muito inteligente! Pudera que você arranjasse outra igual!...

Ele confirmava o seu parecer:

— Se é boa, depois se saberá. É cedo. Quanto ao resto... um autêntico xavequinho!

Se a classificou como xaveco, certo é que não saíra de perto dela durante todo o tempo da visita. Conversou muito, levou-a ao bonde, viu-a ir com o irmão, de noite sonhou com ela. Sonhou a primeira noite, a segunda, a terceira... As noites acabaram por se fundirem com os dias, tudo formou um sonho único e constante.

*

Jorge era assim — impressionava-se facilmente. As paixões nasciam-lhe frequentes e exuberantes. Duravam um nada, mas consumiam seu coração como fogo voraz. Umas matavam as outras. Algumas vezes se conjugavam. Amava duas, três, quatro mulheres ao mesmo tempo, amava especialmente as adolescentes, de formas ainda imprecisas, malsaídas da meninice. Essas é que ele desejava! Mas jamais falara a qualquer delas! Raramente sabia seus nomes. Desejava-as de longe, sem uma palavra, sem um gesto, sem uma única tentativa; amava-as com o cérebro, comprazia-se em desesperadas visões, em sonhos sobre sonhos, em romances sobre romances, cada qual mais aéreo e inverossímil. Bastava vê-las. Cercava-as, procurava-as, martirizava-se em esperas e rondas fatigantes. Não ia além. Não precisava. Fugia da realidade como um tropeço. A imaginação tudo resolvia, ampliando, deformando, encantando-o, fazendo-o sofrer.

O caso de Sussuca foi mais sério. Fê-lo abandonar os livros, que formavam o refúgio sedativo das suas paixões. Faltava às aulas e às obrigações. Mergulhado no seu único pensamento — ela! — entregou-se a um verdadeiro delírio ambulatório. Atravessava madrugadas perambulando pelas ruas, buscando recantos solitários para os seus infindáveis cismares. O sono não o descansava. Era um sono agitado, todo interrompido, e acudido de visões. Emagreceu. Irritava-se pelos menores fatos. A mãe se alarmou e ele respondeu-lhe desabridamente:

— Não tenho nada! Não amole!

A todos respondia assim, violento, brutal. Mas com o irmão era uma seda. Abraçava-o, conversava muito com ele, interessava-se pelos seus progressos no pugilismo:

— Então, como vai a coisa?

Fez questão de vê-lo treinar. Inutilmente José tentou dissuadi-lo, temendo mostrar, a quem tanto o defendera junto aos pais, o ambiente em que vivia. Repugnava-o, agora que o via mais de perto, entregue totalmente a ele. Enquanto dividira a sua atividade entre o escritório e o ringue, a maior parte do tempo no escritório, como já não era muito observador, a realidade passara-lhe quase despercebida. Depois, porém, o meio apareceu-lhe claramente tal qual era e envergonhava-o. Salvo Guastini, que com muitos defeitos possuía um imenso coração, salvo a dedicação de Gumercindo e a pacholice inofensiva do Peleador, salvo poucos mais, todo o resto se mostrava de uma miséria, de uma baixeza inominável. Entre tanta grosseria, estupidez, venalidade e pornografia, indisciplina e vaidade balofa, acanhado e estranho, se persistia, é porque era impossível a renúncia no ponto em que chegara. Bem o quisera, mas seria impraticável. Voltar ao emprego não voltaria por uma questão de amor-próprio. Outro seria difícil obter, como já pudera verificar. E queria se casar. Fechava os olhos e os ouvidos, continuava. Mantinha, contudo, novos planos. Mal se apanhasse com uma maquia, que lhe permitisse enfrentar os acontecimentos, abandonaria as luvas e lançaria a vida para outro rumo. No boxe é que não poderia ficar. Nunca!

45

A JANELA DO QUARTO dá para o jardim, onde os grilos roem e de onde se eleva, noturno, o perfume penetrante do manacá. A lua traz um halo leitoso e resplandecente. Jorge acende cigarros e mais cigarros. Na sua cabeça vai todo um romance se desenrolando. Não há o cenário do mundo. O fundo é impreciso como se fosse feito de nuvens. José não existia. Ele e ela é que vivem! Ele e ela é que colhem flores. Há flores, há abelhas, há murmúrios. Ele e ela é que sorvem a luz do luar eterno. Os beijos são duma doçura infinita. Ele e ela é que se completam e que pecam vertiginosamente nas sombras ramalhantes das estradas. Mas é pouco. Sente uma necessidade física de falar dela. Dirige-se para o quarto do irmão e como não consegue dizer noiva:

— Como vai a pequena?

O irmão está com sono:

— Vai indo.

Ele força com uma habilidade de ladrão. O irmão escorrega, vai contando, se anima até. Ele ouve, sem interrompê-lo, bebendo-lhe as palavras. É uma tortura fina a que sente, com a presença de Sussuca restituída pela boca do irmão. Satisfaz-se com a tortura, embriaga-se com ela. O coração pulsa em pequenos latidos dolorosos

Ouve e vê o retrato dela na mesinha de cabeceira. Foi tirado em casa, num canto desguarnecido da sala, com um vestido modesto. O tecido é de pintinhas; os seios redondos estufam o tecido. Estufam demais. Sussuca tem seios grandes. E o nariz é o mesmo. Por que o mesmo, desafiante e infantil? O cabelo desmanchado cai na testa, o sorriso aberto, os braços cruzados. Por que tinha os braços cabeludos e as mãos grosseiras?

46

VELHO, CINZENTO, DESOLADOR, o hospital dominava um quarteirão e formava esquina, nos fundos, com a rua das mulheres por meio de um muro alto e sólido, tendo uma porta mesquinha para a saída dos serventes. A esquina oposta é o limite dos bordéis. Atravessar a rua é tão comum quanto temível. Raras retornavam. Nair Gostosinha não voltou. Morava no 112, célebre pelo assassinato da Ester, que emocionou durante uma semana a população e que permaneceu para sempre um mistério.

Rizoleta foi com outras companheiras vê-la no necrotério imundo, onde as moscas zumbiam e o cheiro a podre e a formol transtornava os estômagos. Estava abandonada sobre a mesa de mármore, como se fosse apenas uma coisa embrulhada num lençol. O lençol encardido tinha marcas pretas — letras, números... Via-se o nariz somente, lâmina roxa saltando, e a boca com um tampão de algodão.

— Irá como indigente — informaram —, se não for para o anfiteatro de anatomia...

Houve o rateio apressado e piedoso pelos prostíbulos. A morta teve uma coroa de pano, em forma de coração, e caixão de terceira, mas não teve ninguém a acompanhá-la. O tabique

que era seu, e por sinal dos mais miseráveis, ganhou nova locatária, uma preta gorda e nojenta, que frequentava macumbas e só falava em feitiços e despachos.

Nair Gostosinha era um espeto; usava cabelo a la homem e tinha as mãos delicadas. Acabara ali, arrasada pela sífilis e pela tuberculose, mas começara alto, desencaminhada, quando copeira duma família de tratamento, por um negociante frequentador da casa, que lhe proporcionara, apaixonadamente, o mais requintado luxo. Mas era louca mesmo! Gostou foi da gandaia, parou com o coronel, e entregou-se ao mundo, alucinada, não olhando a quem.

— O que eu quero é gozar! — exclamava.

Gozou três anos, se tanto, contaminando-se pelos cabarés e pelos clubes carnavalescos, entre pouca champanha e muito éter. Empunhou o estandarte da gloriosa Ala dos Peixinhos em dois carnavais, excitadíssima. Depois foi a desgraça que se viu. Não durou quatro meses no Mangue. Rindo sempre.

47

HÁ UMA DOÇURA DE FAVO e rosas na manhã. Tão claro o céu, sem uma nuvem para toldar-lhe a pureza do azul, tão risonha e inocente a luz que cai sobre os morros e as favelas, que tira brilhos das folhas das palmeiras.

Frida, de penhoar japonês, sorve a frescura, traz a cadelinha para passear na calçada. Felpuda, pernas curtas, a cadelinha mestiça cheira postes e paredes. Frida ralha constantemente:

— Lili! Lili! Non!

Pelas manhãs é assim. Sai com Lili para que ela faça as suas necessidades na rua. Quase todas fazem o mesmo. Quase todas têm bichos — cães, micos, gatos. Suzane tem um meio angorá cinzento, muito fujão. Rizoleta não tem nada:

— Deus me livre! Bicho dá trabalho.

48

DAS VIGÍLIAS DE JORGE:

Naquele instante começava o oceano não vivido.
E o primeiro mergulho poderia
Ter sido um beijo na concha!

49

José apura-se intensamente para enfrentar o bravo Kid Tolentino, que se anunciava como campeão de uma república da América Central. Gumercindo percorre as redações diariamente. Guastini está satisfeito com a atividade de ambos:

— Havemos de vencer!

— Ele tem cartaz, mas eu vou fazer o possível — respondeu José.

— Vai ser sopa! O bicho não chega ao quarto assalto. Conheço à beça a pinta desses gringos.

Peleador pregou-se também a José. Ninguém o levava a sério na escola. Viviam troçando dele. Peleador fora um apelido pejorativo que pegara. Era preto retinto e possuía respeitável beiçola. De onde veio ninguém sabia, nem importava. Apareceu magro, maltrapilho, assobiando como um sabiá. Reproduzia com espantosa facilidade qualquer música que ouvisse. Apreciavam devidamente a habilidade. Davam-lhe níqueis e ele se ia. De tanto vir, acabou ficando. Não pediu a ninguém, mas passou a dormir na escola, sobre um monte de lonas. Prestava pequenos serviços, comia do resto dos outros, participava dos treinos, servindo de armazém de pancada para os pichotes do seu peso. Por causa disso vivia com o beiço ferido, sangrando.

Um dia, como brotou, desapareceu — sem uma palavra. Ao cabo duma semana de sumiço, Guastini, sinceramente preocupado, foi à polícia se informar. Pediram mil dados, prometeram providenciar, o tempo correu, o moleque ficou esquecido. Mas numa bela manhã, quando a escola se exercitava com afinco, eis que o moleque ressurge, cumprimentando os presentes como se os tivesse deixado na véspera. Vinha outro. Mais gordo, reluzindo, camisa espessa de lã até o pescoço, boné de xadrez tapando o olho esbugalhado, mãos nos bolsos, andar gingado. Estivera em Buenos Aires, dissera. Ninguém acreditou. Ele pouco se incomodou. Estropiava o português, contava passagens de lá — uma *noche*, no Parque Japonês... Gabava-se de ter *peleado* com muitos *muchachos* nos ringues portenhos — ganhando *la plata*! Pedia adversários — queria *pelear*.

A turma, para tirar a limpo, arranjou-lhe uma preliminar sem importância, no estadinho da praça da Bandeira. Ele fez uns preparativos muito cheios de pirilampagem, com muito mais pirilampagens ainda subiu ao tablado e dormiu no primeiro soco. Nunca mais jogou. O apelido veio — Peleador! Convidam-no num debique:

— Então, *muchacho*, vamos *pelear*?

Como não dava o cavaco, acabaram desistindo das piadas, mas não do apelido, que pegou em definitivo, e Peleador continuou a mosquear na escola, limpando-a como a cara dele, servindo de segundo com a sua feroz indumentária — camisa de lã grossa e aquele fenomenal boné de xadrez.

José tratava-o com mais camaradagem que os restantes. Dava-lhe frequentes gorjetas, camisas, sapatos velhos, conversava com ele. Peleador era engraçado contando casos.

50

JORGE RONDA MAIS UMA VEZ a casa de Sussuca. É noite, José já se fora embora, a rua está deserta. Se ela aparecesse, talvez ele fugisse. Mas ronda. Passa e repassa pela calçada fronteira, silencioso nas solas de borracha, encosta-se às árvores, fuma, contempla a modesta fachada, o pequeno portão de ferro mantido a cadeado. É ali que mora. As janelas estão cerradas, mas através das venezianas vê-se que há luz lá dentro. Sim, há luz lá dentro! Que faria ela? Que faria? O gato pula do muro, o cachorro late. É ali que ela mora... E sente o peito vazio como se o coração tivesse parado.

51

— COMO VAI ESTA FORÇA, campeão?

José viu-se enroscado pelos braços efusivos de Baltazar. Ia bem, graças a Deus, experimentava muita alegria em vê-lo... E você?

— Vou remando...

— E o pessoal lá no escritório?

— Vai indo. Você é um ingrato. Não apareceu mais.

— Tem sido impossível, Baltazar. Não sobra tempo.

— Não acredito. Tempo é que não falta. Você está levando uma vida folgada. Diga que é por preguiça.

José propôs um cafezinho, que o velho companheiro aceitou com a condição de pagá-lo:

— Serve?

— Você sempre o mesmo, Baltazar!

— O mesmo, vírgula! Com mais alguns cabelos brancos... – e mostrava-os, tirando o coçado chapéu de feltro e inclinando a cabeça.

E José perguntou pelas novidades.

— Vai tudo no mesmo pé de sempre. Havia era um empregado novo no lugar do Matos. Um rapaz do Sul. Parecia bom rapaz.

José estava surpreso:

— Mas o Matos saiu?

Baltazar fez uma careta:

— Saíram com ele...

— Mas qual foi o motivo? Um rapaz tão bom, tão trabalhador, tão útil à casa.

— Não sabia, ninguém sabia aliás. Foi de repente. Um mês de ordenado e passe muito bem. Coisas da vida.

José mostrava-se penalizado. Baltazar aparentava indiferença, mas satisfação no fundo. Não gostava do Matos. Tivera um atrito com ele e jamais perdoara, como jamais perdoava a quem quer que caísse na sua antipatia. Tiveram um atrito... O Matos perguntara-lhe, um dia, com visível mordacidade:

— Que é que você não aprova na política, agora, Baltazar?

Fingira não entender:

— Como? Não percebo...

— Que é que está errado no seu parecer de patriota? — voltara Matos mais corrosivo.

Jamais o perdoara — estúpido, cretino, imbecil! Um mês de ordenado e passe muito bem. Coisas da vida. Mas José sofria. Não compreendia como se pudesse botar um homem na rua assim duma hora para outra. Não compreendia. E um homem decente, casado, pai de filhos... Mesmo que fosse mau, não compreendia. Era uma barbaridade. Pai de filhos... Coitado do Matos! Lembrou-se de procurá-lo. Podia ser-lhe útil, poderia prestar-lhe algum auxílio. Pelo menos confortá-lo com a sua presença amiga.

— Você sabe onde ele mora, Baltazar?

— Sei e não sei, meu caro. Foi para Petrópolis, mas Petrópolis é grande. Foi para casa do sogro. O sogro dele tem alguma grana. É comerciante lá. Não se impressione, que ele se arranjará. No Brasil ninguém morre de fome — fez uma pequena pausa: — Infelizmente!

— Infelizmente, diz você?!

— Infelizmente, sim, José. Talvez que a fome — a perspectiva da morte pela fome! — fosse a única campainha capaz de despertar o brasileiro da inconsciência com que caminha para o caos.

Falava alto, patético, sonoro. Foi alvo dos olhares das pessoas em roda. José ficou vermelho, encabulado. E despediu-se logo, pretextando um encontro marcado. Baltazar abraçou-o com um ar entre paternal e superior:

— Bem, leve o meu abraço e queira-me bem. Qualquer noite dessas vou ver você lutar. Não sou muito dessas patuscadas, bem sabe, mas com você no meio é outro cantar.

52

CONHECIA AQUELA CARA. Se conhecia! Mas de onde? — e Teixeirinha parafusa a mioleira diante dos anúncios de maus clichês, para o sensacional embate entre Tommy Jaguar (brasileiro) e Martin Peña (uruguaio), no estádio da Feira de Amostras.

53

Aos domingos é que Aristides Paixão se defendia bem. Operários, soldados, pequenos empregados sobram nas casas de cômodos e nos botequins. Como vende modinhas é mercado maior. E, de chocalho em punho, o maço do *Jornal das Modinhas* e do *Timpanas* debaixo do braço, ei-lo que para nas esquinas, cantando, o corpo quebrado numa atitude provocante, ei-lo que, de lenço no pescoço, tamanco arrastando, vai pelas ruas como uma flor sonora da malandragem.

Quando ele canta — a voz é rachada — o povo junta mesmo. Ajunta, chega às janelas, compra. O chocalho é todo o acompanhamento. Não precisa de mais. Estaca para apregoar:

— Olha a coleção completa dos últimos sambas! *Cabide de mulambos, Vejo lágrimas* e *Flor do asfalto*. A duzentos réis! Trazendo a vitória do Fluminense com a música do *Pagão*!

Pingam os níqueis. Dá passos floreados. Solta piadas, olhando muito as mulheres:

— Preparem os ouvidos! Vou irradiar.

O povo ri. Funciona o chocalho. Aristides abre o bico. É um samba triste:

Fui looouco...
(Fui!)
Resolvi tomar juízo.
A idade vem chegando
e é preciso.

De noite a féria é garantida. Segunda-feira descansa a garganta pelos botequins da Cidade Nova, tirando sambas nas mesas, discutindo com paixão o jogo de futebol que não assistiu, jogando o sargento nos bilhares escarrados. Faz uma lista de centenas invertidas.

Nas batalhas de confete, vende ventarolas. No Carnaval, refrescos e sanduíches. Tudo sem licença. Mora no morro de São Carlos. Lá do alto vê o gasômetro, os depósitos de carvão, as palmeiras do Mangue, as duas retas do canal, o mar, o cais sufocado de mastros, guindastes e chaminés, a cidade, enorme, se estendendo entre montanhas, grimpando pelas montanhas. O céu fica mais perto, mas ele não o vê. Vê Dulcelina, Isaura, Cacilda, todas elas. E bate o tamborim nas batucadas.

*

Aristides Paixão é parceiro para as ocasiões. Teixeirinha não ignora e, porque não ignora, procurou-o no morro. O sol tirava fogo dos casebres feitos de caixotes, zinco velho e latas de querosene. Cães magros latiam. Não há água, mas há lavadeiras tagarelando entre cordas com trapos secando. Crianças barrigudas brincam na sujeira, carregam latas d'água. Os mamoeiros são a única verdura, e do casebre à beira do barranco a voz chegava:

Icei uma bandeira branca
no meu barracão,
como símbolo de paz...

Aristides, quase nu, roncava.

— Acorda, homem!

Teixeirinha precisava de dinheiro — Rizoleta fora levada para o hospital de isolamento com suspeita de tifo, e Clemência andava sumida, com o randevu fechado pela polícia por denúncia da vizinhança indignada e mais complicações com uma menor que ela explorava.

— Um abacaxi dos diabos, meu velho!

Seria um trabalho simples. A pensão de dona Elvira, três andares antigos na rua Maranguape, tem placa na porta: exclusivamente para famílias. Não tem uma sequer para justificar o letreiro. Os vinte e tantos quartos sem água, sem ventilação e com deplorável mobiliário, são ocupados por estudantes pobres, rapazes do comércio, mulheres de pintura, nomes e vocabulário suspeitos, um louco pacífico de basta guedelha, que se diz maestro, o maior dos maestros!, e um capitão nunca se soube de quê, porquanto jamais foi visto fardado. O corredor é um túnel. A sala de jantar, tenebrosa. Acendia-se o lustre até para o almoço.

Teixeirinha com relativa assiduidade frequentava a mesa, que não era má. Conhecia dessa forma os hábitos da proprietária, viúva imponente, dirigindo a casa como se fosse uma empregada — varrendo, espanando, providenciando a comida ao pé do fogão, ajudando o copeiro no serviço das mesas. O quarto dela, cheio de retratos e bibelôs, ficava junto à sala, com a porta sempre encostada. Tinha uma escrivaninha perto da cama, amontoada de papelório inútil. Era nela que no fim do mês tirava as contas e confiantemente deixava o dinheiro recebido numa gaveta sem chave.

O trabalho era simples. Ele entraria, mandaria saltar o jantar. Vinte minutos depois Aristides no corredor, onde ficava a caixa da luz, desligaria a alavanca e cortaria os fios do lado de dentro. Ele manobraria com rapidez, passaria a bolada a Aristides na porta e esperaria a luz calmamente. Aristides tinha a chave do seu quarto. Aguardaria lá.

54

A NOITE BAIXAVA quando Teixeirinha entrou. A sala estava repleta. O copeiro é um velhote que bebe como gambá. Há dez anos — tantos são os de viuvez de dona Elvira — está na casa. Há dez anos promete sair. Raimundo, beque famoso aí por 1918, já grisalho, pesadão, é o engraçado dos pensionistas:

— É amanhã que você vai embora, Balbino?

O pardo responde que é, mais com a cabeça do que com a voz.

— Então, passe o bife antes.

Há risos de bocas atulhadas. Balbino faz um olhar de pouco-caso. A escada, sob os hóspedes, geme como um órgão. Quem desce aí é o capitão, com os cabelos pintados e dentadura postiça:

— Senhores e senhoras, muito bom apetite.

Teixeirinha é conhecido. Cumprimenta os presentes com um boa-noite geral e superior. Falam mal dele, mas dona Elvira defende-o com convicção. Não tem a mínima queixa — nunca deixou de pagar na hora, faz diariamente extraordinários de bebidas e é muito respeitador. É a condição máxima que exige a viúva para um cidadão.

— Nunca me faltou ao respeito — acentua.

Teixeirinha quer sopa "carregada no entulho". Raimundo solicita "boi com folhagens". Novo riso na sala como se a piada fosse inédita. O capitão luta com a dentadura. Dentro do seu sonho o maestro trauteia. Na última mesa da esquerda a discussão se azeda.

— O Botafogo é sopa.

— Não seja burro, Fernando!

— Sopíssima!

O meninote tem recursos de cronista esportivo. Fala do centroavante de chute irresistível, do extrema-direita — um craque! —, cita esmagadoramente os célebres três a zero no campo inimigo:

— A zero, tomou?! Nas trombas!

Há o protesto com a maior veemência:

— Roubados!

— Roubados uma ova. Justiça! — e apelou para a imparcialidade do outro, que é rubro-negro cabeçudo e se limita a dizer:

— Você é burro. Você não entende de futebol.

— Não entendo, uma pistola! Mais que você!

Dona Elvira é maternal com os seus comensais. Quer impor concórdia, com a trincada travessa de carne assada na mão:

— Deixem de tanta discussão por causa desse estúpido jogo, meninos. Parecem malucos.

Foi a fome que tapou as bocas jovens e calorosas.

— Me chuta aí o arroz, Fernando.

— Mas não coma o prato.

— Chuta o feijão também.

— Puxa! você um dia arrebenta.

De repente houve um oh! A casa caiu na escuridão. O capitão protestou logo contra o serviço porco da Light, e alguém corrigiu:

— Mas na rua tem.

— Então é fusível queimado.

— Só vendo.

Riscaram fósforos. Seu Artur entendia de eletricidade. Caminhou heroico para a mufa com uma procissão atrás.

55

TRANSFERIRAM-NA DO PAVILHÃO de isolamento para a enfermaria geral. Não era tifo, mas não deixava de ser um caso grave. A febre subia e descia, alarmante, no gráfico do interno atarantado. Delirava. As mãos gigantescas vinham do céu negro para estrangulá-la: Arquimedes! Queria gritar por socorro e não podia, que a voz não saía da garganta seca, espremida. Tentava fugir e por mais que o fizesse as mãos perseguiam-na, elásticas, descomunais. Atirava-se no abismo, caía, caía, o abismo não tinha fundo, caía — que frio na barriga... que dor nas entranhas!... — pam! um soco furava-lhe a carne como punhal: Teixeirinha! E os olhos espiando, cor de sangue, cresciam cor de fogo, tomavam o céu, tomavam o mundo, o mundo era um quarto, em que nunca morara, acendiam um incêndio que lambia a cama onde ela estava acorrentada!

Tomava várias injeções. O professor, na visita da manhã, encabeçava o rebanho de doutorandos. Parava no leito dela, lia a papeleta por cima dos óculos de tartaruga, mostrava as oscilações, apalpava, explicava, a rapaziada fingia apreender, ele ia para o leito adiante com as mesmas disposições científicas. Rizoleta sentia brasas no ventre e uma sede horrível. Gritava muito, implorando água.

Como estivesse proibida de receber visitas, Teixeirinha, na portaria com cheiro de desinfetante, pedia notícias. O porteiro é um negro camarada. Mancando, por causa duma adenite, amaldiçoando a pecadora causadora dos seus sofrimentos, ia lá dentro saber. Demorava, mas vinha:

— Para a semana o senhor já pode ver a moça. Vai melhor.

— Vai melhor mesmo, ou é tapeação?

— Tapear para quê? Está melhor sim, rapaz. Pode ir descansado.

Teixeirinha mandava-lhe frutas e garrafas de água mineral, desconfiando que ficavam com a metade. Mas passar por tolo, deixa estar que não passava — haveria de apurar. Haveria de perguntar a ela se recebeu isso e aquilo... Brincassem com ele!...

Carregara com os trastes da mulata para o quarto. Lolote não podia ter o seu vazio. Mesmo que Rizoleta continuasse pagando, o que não acontecia, era prejuízo, pois perderia os extraordinários durante a ausência. Já se iam 15 dias, precisava alugá-lo quanto antes. Punha as mãos flácidas na cabeça:

— Horrível! Impossível! — explicava, abreviando: — Tifo? Muito tempo! — e estalava os dedos.

— Mas não é tifo, mulher.

Ela dava muxoxos sabidos — não era? Bobo quem fosse atrás de informações de hospitais. Sabia muito bem que era tifo. Teixeirinha espinafrou sem resultado. Lolote havia conversado demoradamente com David.

— Se non levar, boto no cômodo dos fundos. Se roubarem non tenho nada que ver com isso...

Teixeirinha, após centenas de expressões imundas, se decidiu. Levaria os troços para o seu quarto.

— Está satisfeita, sua vaca? — rosnou para Lolote, que, já vitoriosa, não ousou retrucar.

Afinal de contas, não era lá tanta bagagem. A mala grande, a maleta de papelão, um balde e um jarro, a bacia higiênica, uns quadros de santos, retratos emoldurados... Tratou o carreto.

— Dez mil-réis?! Você está porrado!

O carregador não podia ir por menos. Nem por menos um tostão! Tivesse paciência, mas não podia. Coçava a cabeça, cofiava a bigodeira:

— Olhe, que daqui à Lapa é um bom pedaço...

— Se quiser por cinco, pega.

Quem levou foi um crioulo, que tivera baixa do Exército e vagabundeava pelas esquinas da Cidade Nova atrás de fretes e biscates. E mal Teixeirinha deu as costas, Lolote reduziu-o de miserável para baixo, com Suzane e Frida apoiando — bandido! gatuno! cafetão! — e as vizinhas ouvindo. Rogavam pragas para que ele morresse leproso!

56

SUSSUCA É LUZ. Sussuca é lua, som, canto, perfume. Sussuca é rede que embala e prende. Sussuca é o no cujas águas levam Jorge alucinado para um imenso mar desconhecido.

57

DESFIGURADA, PLACAS BRANCAS no rosto, fundas olheiras maceradas, Rizoleta, livre de perigo, atravessa uma fase de debilidade extrema. Tem os olhos no teto que foi branco, mas não o vê. São umas vinte mulheres na enfermaria, cujas paredes ameaçam ruir, sem a menor providência da administração, mas é como se estivesse sozinha — não se interessa Metidas em camisolas pardas de grosseiro pano, levantam-se umas, sentam-se outras, ficam na varanda, ao sol, algumas; as quase boas auxiliam as serventes em pequenos serviços de limpeza e todas conversam para que andem depressa as horas estiradas do dia. Só Rizoleta não fala, não participa dos movimentos do grupo. Bota em volta um olhar de boi morto, nada mais. Se perguntam, não responde.

— Está gira — cochicham. — A doença dela deu na fraqueza...

Também não se alimenta. O cheiro do que lhe trazem dá-lhe engulhos. É um custo para tomar algum alimento. Afinal a enfermeira é paciente:

— Mais um pouquinho... Um pouquinho só...

Rizoleta recusa. A colher força a boca exangue para o caldo triste no triste prato de alumínio. Rizoleta tem ânsias de vomitar:

— Não! Não! — repele.

Rizoleta está esquecida, Rizoleta está oca.

Teixeirinha sabe, pelo porteiro, que ela vai melhor, mas muito depauperada, mal pode se sentar na cama. Por causa disto é que o doutor não consente em visitas ainda. É cedo. Não convém. Irão cansá-la... Está muito fraca. Mas agora irá arribar depressa. O porteiro tem prática:

— Não dou uma semana pela alta dela.

E como já não mostrasse dificuldade para andar, Teixeirinha felicitou-o a seu modo:

— E o senhor sarou, estou vendo.

— É. Recolheu.

58

CAVALCANTI COMEU novo processo e, na primeira noite de liberdade, bateu para o cabarezinho sórdido da Lapa, com música cigana e maltratadas raparigas servindo fantasiadas de pastoras. Precisava incontinenti encontrar parceiro para uma outra estrepolia, porquanto se achava absolutamente de tanga. Encontrou foi Teixeirinha, bebendo chope, numa roda de gargalhadas imorais. Fez-se de esquecido:

— Como vai, Teixeirinha? Você viu o Anísio?

Teixeirinha deu-lhe as costas, mostrou, abrindo o paletó, um rabo de navalha aos companheiros de bebericagem, falou em abrir uma avenida na cara de um certo laranja, se ele tivesse o topete de lhe dirigir mais uma palavra. Cavalcanti engoliu a afronta. Pálido de raiva, saiu para a rua jurando fazer-lhe a barriga de paliteiro na primeira provocação. Passou a andar armado:

— Se piar, eu queimo!

Preveniram Teixeirinha. Ele zombou:

— Aquilo?! Aquilo não é gente, é penico — e ameaçando: — E que vá calando a boquinha, senão eu perco a paciência, tomo o revólver e lhe prego uns cascudos.

59

O DINHEIRO É QUE SE EVAPOROU, e Teixeirinha passou uma revista na mala da amásia. Encontrou quinquilharias, alguns vestidos, pouca roupa branca, a mantilha de Arquimedes, um capote com marabu.

— Sempre dá.

Deu uma ridicularia no comprador de roupas velhas, um velho fatal, alto como uma tocha, fato no fio e barba nazarena pregada no perfil de águia. Torrou a mala também. Para que duas malas? Tinha a dele. Ficariam com a dele. A outra era maior, melhor, daria mais... O judeu mandou buscá-la por uma bagatela. Comprou uvas moscatel para Rizoleta. Planejou falcatruas com o Aristides:

— São favas contadas. Trinta mil pra cada. Combinado?

— Combinado.

— Então vamos bordejar por aí para fazer hora.

Vão andando na rua fresca, de pouca gente. Vai pelo céu uma lua minguada. Passam os dois cavalarianos conversando, na ronda descuidada. Mendigos dormem amontoados sob os arcos malcheirosos do viaduto. Aristides canta baixo:

Esta mulher desmoraliza o meu nome.
Ela anda de porta em porta,
dizendo a todos que não come.

— Bonito. É novo?

— Mais ou menos.

— Quem é o pai?

— É o Lelé. Vendeu pra Casa do Disco. Sai com nome de outro, consertando a letra. Estava meio frouxa.

— Quanto espirraram?

— Cem...

— Está valendo.

— Ele tem outro pronto de parceria com o Quininho, ainda melhor: — *Foi por culpa do luar.* Diz que não larga por menos de duzentos. No duro! E vale mesmo. Só a introdução é um monumento!

— O Lelé tem crânio.

— Pra lá de crânio! O que atrapalha ele é a cachaça! Cada dia bebe mais.

— E você por que não faz mais, Tide? *Cabrocha arrependida* era muito bom. Abafou!

Aristides tivera seus repentes. *Mais respeito no ambiente*, *Vivo sem nota e sem amor* cantaram-se um pedaço na cidade. Agora queixava-se da bossa:

— Ando seco, velho. É uma coisa que dá na gente — e esperançoso: — Mas eu sinto que trago um engatilhado cá dentro. Qualquer dia ele sai.

60

— CREDO, QUE BARULHEIRA! Sussuca correu para o quintal. O cachorro, dentro do tosco cercado, perseguia a carijó.

— Pixavon! Pixavon!

A vassoura cantou no lombo dele, que fugiu ganindo, rabo entre as pernas. Sussuca socorreu a galinha, molhando-lhe a cabeça com água. A bichinha espertou — não fora mais que um bom susto e algumas penas perdidas.

Voltou à costura, um vestidinho ligeiro de andar em casa, que o enxoval caminha. É uma fazenda rala, de risquinhos, que a agulha vence com facilidade. E cada agulhada cose também o tecido único do seu pensamento — ele. Ele é a sua luz, a sua alegria, a sua razão de ser. A mão é ágil, os minutos rolam, a casa em silêncio. Aí o teto estalou. Como estava sozinha (dona Nieta provava uma freguesa), teve medo. Dera ultimamente para ter medos pueris, dúvidas, receios, como se qualquer perigo indefinido a ameaçasse. Amarfalhou a costura na cestinha de palha (um presente de papai) e refugiou-se na sala de visitas, com o coração batendo descompassado, como se somente aquele cômodo lhe oferecesse segurança.

Acalmou-se. Que tolice! — pensou. Que tolice! Mas a sala abafava. Puxa, que calor! — e escancarou a janela, rente com a calçada na rua de casas iguais. Debruçou-se no peitoril, buscando ar. A paisagem dominou-a, serenou-a mais, entristeceu-a docemente. Havia uma vaga tristeza nas sombras das montanhas, no aspecto das árvores e das casas, nas nuvens brancas e encasteladas que tomavam quase todo o céu. Não via vivalma. A tarde descia calma. Vozes esparsas chegavam da outra rua. São vozes de crianças. Ficou olhando. As rolinhas vieram ciscar, ciscaram, bateram asas, sumiram. Recolheu-se, quedou-se ainda mais triste, pensativa, na cadeira de vime. Não é o calor que a oprime, então — é a saudade. Um mês já que ele partiu. "Não é por gosto, Sussuca, é preciso." Olhava-o, muda, sentida. "Vou ganhar muito dinheiro, que lá a coisa dá..." Bem quisera gritar: "Para que mais dinheiro, José?! Você agora só pensa em dinheiro!" E ele, porém, consolava-a: "Também é por pouco tempo, meu amor, você sabe. Um mês e meio, dois no máximo. Não fique assim triste." "Queria que eu ficasse alegre?" Como ele ria: "Não!" — e beijava-a, prometendo escrever cada dia uma carta bem comprida.

Abriu o romance esquecido na página marcada com um trapinho. "... ao descer da carruagem, o jovem artista reconheceu na formosa dama..." — as linhas embaralharam-se, fundiram-se, não percebeu mais nada, o pensamento está longe, em José. Fechou a brochura, confusa, ficou com ela abandonada no regaço, abandonadas as mãos, a cabeça abandonada, recortando com o olhar os arabescos coloridos do tapete — que saudade!

Levantou-se, foi beber água, a água estava quente (geladeira é uma coisa boa!), pegou o almanaque, voltou para a sala abanando-se com ele. Sentou-se no sofá, suspirou fundamente, folheou o almanaque sem interesse. Como se tiram manchas de frutas? Toma-se uma colherinha de ácido acético... O mascate matraca lá fora: — Renda fiiina!... Renda do nóóó... No pregão, quase incompreensível e cheio de necessidade, há qualquer nota misteriosa e dolorida, que faz lembrar uma terra remota, uma terra perdida, vagamente na distância. E, sob o clichê borrado, atestava o reverendo: sofrendo duma pertinaz bronquite... O sorveteiro passa. A vizinha de frente é quem chama:

— Tem de chocolate?

É gasguita, bisbilhoteira, muito emproada. Não gosta dela, por muito favor a cumprimenta. E Pixavon chega humilde e encolhe-se aos seus pés. Focinho sobre as patas dianteiras, olha-a com os olhos redondos e ternos. Apiedou-se — era tão novo, tão desengonçado, tão bobo ainda... Fizera bem em dar-lhe as vassouradas. Era para ensinar, senão...

— Mas não foi com força, não é? — abaixou-se: — Foi só para ensinar, não foi, meu cachorrinho querido? — pegou-lhe pelas orelhas, sacudiu-o! — Tão malvado que ele é...

Pixavon lambia-lhe as mãos, as pernas, latia, corria até à parede, voltava, lambia...

— Bobalhão!

E desapareceu aos trancos pelo corredor. Sussuca voltou ao almanaque: as pessoas nascidas em abril... Nascera em agosto. Procurou: "... terão caráter forte, animoso, mas egoísta." Egoísta? Egoísta, ela? Levantou-se, deu dois passos — tolice... E Pixavon veio na carreira cega, esbarrou na cadeira, por pouco não lhe deu uma queda. Ela amparou-se, assustada, rindo depois:

— Cachorro impossível!

E Zuleica chegou com uma porção de novidades. Descobrira uma loja na rua do Teatro que vendia meias baratíssimas, todas de seda, ótimas! Encontrara-se com a Linda, que mandara lembranças. Estava uma baleia! O pai prometera-lhe um novo relógio-pulseira pois o seu dera definitivamente o prego. E afinal desvencilhara-se do pateta do guarda-marinha. Era impossível aturá-lo mais, absolutamente impossível — meu Deus, que criatura curta de inteligência! Tão estúpido como pretensioso. Só você vendo — é insuportável! Um vomitório. Estava às voltas com um jovem engenheiro. Alinhado, caladão, muito simpático. E rico, minha nega. Podre de rico! Tinha uma casa linda na Tijuca com um jardim enorme. O pai era usineiro em Campos. Rei do açúcar. O filho também era docezinho — ria — tinha uma baratinha...

Sussuca ouvia um pouco aérea. Zuleica tomou-lhe a mão:

— Que é que você tem?

— Nada.

— Não adianta negar, Sussuca. Que é que o José fez?

Era difícil de explicar.

61

O SR. VIANA DO AMARAL, da firma Amaral & Mota, produtora, exportadora e açambarcadora de açúcar, festeja condignamente as bodas de prata. Pela manhã houve missa de ação de graças na Candelária, com coro, bispo, sapatos de verniz e pose fotográfica na saída; de noite recepciona no Vilino Jandira esplendente de luzes e cuja planta obedece a todos os caprichos arquitetônicos e domésticos da proprietária. Dona Jandira tiraniza o salão mais ou menos Luís XV com a inexorável crueldade que é própria do seu anafado temperamento. O leque de plumas cor de pérola é a insígnia do seu despotismo. Brande-o, irredutível:

— Damas para um lado — o leque indica o lado —, cavalheiros para o outro — e o leque aponta o setor destinado ao gênero masculino.

Os convidados, que são muitos, zombam do arrivismo da milhardária, mas obedecem.

— Não há apresentações — decreta rodando no encerado deserto que separa as duas aglomerações. — Estão todos apresentados. Meus amigos, minhas amigas — e indicava a um o outro grupo. — É dançar. Quero alegria! Muita alegria! Só não consinto em par constante.

Bateu com o leque na palma da mão aberta e rutilante de anéis, sacudiu a cabeça para os músicos, cabeça em que os cabelos brancos eram ingenuamente disfarçados. Era o sinal. A marchinha rompeu. As hostes se encontraram.

*

O laringologista, que extraíra por contos de réis as amídalas possivelmente inflamadas das senhoritas Viana do Amaral e que acabara de construir uma casa em estilo normando na praia da Urca, andava meio alarmado com os tremores sociais e combatia com lampejos de óculos e sacudidelas da calva a "trágica onda vermelha que ameaçava assolar o mundo". Porque ele não admitia comunismos. Absolutamente não admitia! Fez um gesto considerável:

— Não há como o aconchego do lar, o fruto do esforço individual, o bálsamo da fé.

O bacharel, que tinha ideias avançadas trazidas da academia e discutidas em noitadas de café, quis rebatê-lo:

— Perdão, doutor, mas o senhor incorre num erro, aliás muito difundido. O comunismo não pretende eliminar a família, pelo contrário, visa o seu equilíbrio, mas pelo perfeito equilíbrio econômico da sociedade.

O laringologista estirou o beiço, com superioridade e ironia:

— Com o amor livre? Com as mulheres comuns? Com o aborto legal? É um processo *sui generis*, não há dúvida, meu amigo, de atingir o equilíbrio e a fortaleza da família — e metendo os dedos na cava do colete: — Felizmente que o povo brasileiro, que é cristão, repele tal processo...

— O doutor interpreta mal, desculpe-me. O equilíbrio...

O médico cortou-o, rápido como um bisturi:

— Não tem que se desculpar, meu caro amigo — e emitindo outra beiçada superior: — Cada um interpreta as coisas como pode.

O bacharel corou, humilhado, e o jovem escritor aparteou sarcástico:

— Mas a guiar-nos por esse fino critério, embora bastante surpreendente na boca de um homem de ciência, quando um sujeito, interpretando os característicos duma pulga, por ignorância, estupidez ou má-fé, acaba afirmando que ela é um elefante, não se poderia jamais contestar.

O médico forçou um sorriso de desculpa e proteção:

— Você meu caro, sempre *blagueur.*

Foi apoiado pela pequena roda — exceção do bacharel — com risos altamente intelectuais. Um bateu nas costas do escritor:

— Sempre irônico o nosso literato.

— Vocês é que acham, isto é, cada um interpreta as coisas como pode...

— A inteligência também corrompe a moral — sentenciou o deputado fluminense, que aguardava o seu momento de charuto em punho. — Eis por que o comunismo — e tinha a segura atitude de quem espera aprovação e aplauso pela finura do seu pensamento —, sendo uma doutrina político-econômica inteligentíssima, é por isso mesmo utópica, impraticável e... compreendem?

Não precisa mais. Todos compreendiam clarissimamente. Houve um frêmito de admiração:

— Muito bem!

— É exatamente isso.

— Luminoso! Se todos fossem como o senhor...

O deputado exultou. Gozava a fama de eloquente orador, brilhava muito na Câmara, especializara-se em necrológios.

— Precisamos combater ideias com ideias. O grande erro consiste exatamente em...

O escritor afastou-se para tomar um gelado. — Que animais! Demolidor por natureza, sem partido, sem fé, variava de opiniões conforme os interlocutores, pelo mero prazer de contradizer e zombar das pobres ideias alheias. Estava contente — que animais! Dava-se, um pouco vaidosamente, como um degustador do ridículo humano, da inesgotável estupidez humana. Dizia-se desgraçado, perdido, se não tivesse a estupidez e o ridículo humanos de cada dia. Morreria de inanição. Felizmente havia os jornais logo de manhã. Era só abri-los e encontrava alimento farto. Estava contente. Aquele dia, aliás, fora particularmente feliz. "A inteligência também corrompe a moral." Divino!

*

O samba era fantástico, mas dona Jandira, manejando o tacape de egretes, não deixou bisá-lo. Tinha de haver arte. Ela achava indispensável que as suas festas tivessem números de arte. O cochichar revoltado silenciou prontamente com um pss! terrível de reprovação e autoridade. Quem mandava era ela — tinha de haver arte. E a senhorita Consuelo Padilha recitou estrofes de amor malcorrespondido, seguidas de outras piores que eram uma copiosa exaltação ao Brasil de sul a norte. Houve um suspiro de alívio nas palmas que coroaram o patriótico final. Mas dona Jandira era inexorável:

— Popó.

Popó Marinho, que cantava no rádio, caminhou, com os cabelos encaracolados como um carneiro, para as bordas do piano. O pianista começou com trejeitos femininos. A boca pintada em forma de coração expeliu a estilização dum coco nortista, comprida e monótona como uma tênia. Dona Jandira vigiava a assistência. Tinham de gostar. Era arte. E lançava pss! fortes como o vento para apagar a renitente chama das conversinhas pelos cantos.

*

A voz perguntou com pronunciado despeito:

— Quem é aquela sirigaita que não larga o Ricardo? (Ricardo é o novo engenheiro e a sirigaita é Zuleica.)

A outra não sabia:

— Nunca a vi mais gorda. Mas é bonitinha.

— Não sei que de bonitinho você acha nela.

A dona da voz despeitada tinha secretas e inteligentes pretensões ao título de nora dos Viana do Amaral. Tentara dançar com ele, mas não conseguira. Ricardo fizera par constante com Zuleica.

— Desrespeitando a proibição materna? — perguntara ao interessado, numa oportunidade propícia e com um tom de quem se acha aristocraticamente espirituosa.

Mas Ricardo nem ligara. Vingativa, ridicularizou Zuleica:

— Que vestido indecente! Que modos grosseiros! Aquilo é gentinha, se não for coisa pior.

*

Zuleica e Ricardo desceram para o jardim, grande jardim com viveiros de peixes vermelhos, pontes de bambu, caramanchões, estufas para orquídeas e largos canteiros, que a mania artística de dona Jandira infestara de mármores abomináveis de orgulhosa e dispendiosa procedência italiana.

— Põe uma flor nos meus cabelos.

Ricardo colheu uma rosa e ia pôr. Os cabelos eram finos, a mão tremia.

— Deste jeito não vai, meu neguinho. Mais calma.

Ele enroscava mais os fios fugidios no caule da flor escarlate, na apaixonada tentativa de fixá-la.

— Assim você me descabela toda. Deixe que eu mesma boto. Que desajeitado!...

Colocou a flor, mirou-se faceirosamente num espelho invisível, continuaram pelos caminhos curvos e iluminados. Um grupo de convidados refugiara-se numa pérgula pesada de trepadeiras. A lua varava nuvens fáceis. Pararam à beira do pequeno lago, onde a lua se refletia, onde boiavam nenúfares. Ricardo estava perturbado:

— Eu quisera cobrir você toda de flores!

— Que ideia fúnebre! — e numa gargalhada desconcertante: — Estou muito nova para você me enterrar, benzinho. Você não acha, não?

— Não é isso...

— Eu sei, bebé — muxoxeou, e, apontando a casinha de vidro: — Que história é aquela ali?

— É a estufa.

— Quero ver.

— Não tem luz. Não vai ver nada.

Ela virou-se, num olhar de comiseração:

— Bobo! Não sabe que eu tenho olhos de gato?

Tomou-lhe o braço e entraram. Um bafo morno de fermentação os envolveu. Pelas estantes, no chão de areia úmida, penduradas do teto, formas vagas e escuras de folhas, vasos e flores.

— Tudo parasitas?

— Não. Tem outras também. Begônias... Avencas... Cactos... Mamãe é quem entende disso. É a sua cachaça.

Ricardo falava com dificuldade. O perfume dela subia, um perfume tépido, misturado de carne. Sentiu vontade de atirar-se a ela, aspirar-lhe o perfume, envolvê-la em seus braços, mas tinha medo, medo, um confuso temor. E ela na sua frente, excitante, provocadora. E o perfume dela irritando-o, acendendo-o. Ela queixou-se:

— Que calor, uf! Vamos dar o fora, senão eu morro sufocada — e encaminhou-se para a portinha.

Ele subitamente resoluto segurou-a pelas costas:

— Não!

— Não o quê? — e ela parou porque quis.

O rosto colou-se um instante ao decote, moreno, tostado, veludoso. O perfume enlouquecia. Apertou-a mais, sentindo nas mãos o calor dos seios.

— Zuleica!

Ela fez fracamente:

— Que é isto? Juízo.

Ele virou-a de frente — beijou-a.

Ela cerrou os olhos que eram dois mundos castanhos. Desmaiava.

62

A MANHÃ OPACA FOI encontrá-la insone, rolando na cama, arrependida, certa de que, num momento de estúpida fraqueza, tinha feito asneira, e asneira grossa. Mas, antes do almoço, o telefonema de Ricardo dissipou-lhe as preocupações de um casamento calculado e perdido. Mostrava-se ansioso por vê-la, queria falar-lhe muito seriamente, muito! Ela fez a esperta, negando. Não queria vê-lo, estava envergonhada do que acontecera, envergonhadíssima, fora uma loucura, uma loucura irremediável, pedia que a esquecesse. O rapaz soluçava no extremo do fio. Soluçava e implorava. Amava-a muito. Amava-a sinceramente. Ela era tudo para ele — tudo! Não acreditava? Não compreendia? Não tinha coração? Ela por fim cedeu. Encontrar-se-iam de tarde no cinema Odeon.

Ricardo estava amorosíssimo e a semana correu com longos encontros diários, em que ele fazia as melhores promessas e Zuleica duvidava para que ele as repetisse, como achou de boa técnica. Na outra semana, porém, os encontros foram rápidos e seguidos duma separação forçada, pois o pai de Zuleica, que já andava malacafento, caiu de cama com um ataque de icterícia, que o pôs amarelo como um chinês. O médico não achou nenhuma gravidade no caso, receitou-lhe remédios corriqueiros, que reforçavam o seu diagnóstico, mas aconselhou-o que, logo que se sentisse capaz, fizesse a cura verdadeira embarcando para uma estação de águas — Lambari, por exemplo. O velho rugiu, que não precisava de água nenhuma, que detestava viagens, que Lambari era uma porcaria, que o médico era um charlatão, um refinado quadrúpede, mas cinco dias depois embarcava mesmo, acompanhado da filha, de quem jamais se separara, e por quem tinha adoração. Tratava-a, porém, como se ela fosse um rapaz, um amigo íntimo, com inteira liberdade. Entre os dois não havia papas na língua. Discutiam todos os assuntos.

— O mundo é uma enorme obscenidade, minha filha. Não se iluda.

E procurava sempre abrir-lhe os olhos, mostrar-lhe a realidade. Não se iludisse. Quando ele morresse, ela sabia bem o que tinha a fazer, por que caminhos poderia andar. Se errasse, não era por culpa dele. Nunca lhe escondera nada. Apontara-lhe todos os perigos.

Ficara viúvo muito cedo, contava Zuleica um ano, e visto o seu casamento — como sempre lembrava — ter sido uma esquisitice, não quis repeti-lo. E como não suportava os parentes (parentes são os dentes, dizia), não procurou as duas irmãs que tinha para ajudá-lo no aperto. Improvisou-se de mãe e com o auxílio de inumeráveis criadas, que o seu gênio explosivo ia sucessivamente botando na rua por nonadas, criou a menina, que era o retrato da mãe. Quem afirmava a parecença era ele próprio, acompanhado duma significativa, mas misteriosa careta.

63

— FANTÁSTICO!

O jovem escritor, em mangas de camisa, fechou o vespertino com beatitude. Estava alimentado. Lera o seguinte:

UM CASO ORIGINAL

O HOMEM QUE QUERIA SER PRESO!

Eles eram, ambos, Manuéis — o Manuel da Silva Torres e o Manuel Teixeira. Empregados no Rio-Moto-Clube, trabalhando juntos, sempre camaradas, ambos nascidos nas terras portuguesas, tinham motivos de sobra para manter a harmonia reinante. Não fosse o diabo de uma porta...

Como fizesse calor, o Teixeira abriu a porta da garagem. Como quisesse baldear a garagem, o Torres fechou a porta. Abre a porta, fecha a porta — e os dois Manuéis se atracaram. Passava pela rua São Francisco Xavier, no momento, o guarda-civil 917. Vendo em luta aqueles dois homens, prendeu-os. Os empregados do Moto-Clube chegaram. O caso devia ser resolvido na delegacia do 15° distrito. Foram todos para a delegacia. O comissário Veiga Cabral, diante da figura do flagrante, achou que não havia senão lavrar o auto. As testemunhas, porém, atendendo que se tratava de homens de trabalho, gente boa e honesta, procuraram evitar a autuação. Chegou o delegado Miranda de Carvalho. Todos apelaram para o delegado. Que havia sido uma coisa à toa, nenhum estava ferido, até já estavam arrependidos... O ambiente era favorável. Os dois Manuéis foram postos em frente à mesa do delegado.

— Eu estou propenso a atender às circunstâncias que se apresentam favoráveis — disse o delegado.

— É o que eu desejo. Faço as pazes com o Torres — disse o Teixeira.

— Eu também faço, mas quero o auto de flagrante.

Foi uma estupefação geral.

— Você quer ficar preso, seu Torres?

— Quero sim, seu Teixeira.

— O auto de flagrante envolve os dois — disse o delegado.

— Eu não quero ficar preso — reiterou o Teixeira.

— Eu quero ficar preso — disse o Torres. E acrescentou: — É para meu castigo. Errei, sou culpado, devo pagar o meu mau procedimento com a prisão.

No cartório da delegacia foi lavrado o auto de prisão em flagrante. O Moto-Clube, atendendo aos excelentes precedentes dos dois Manuéis, prontificou-se a prestar fiança pelos dois. Manuel Teixeira ficou radiante. Manuel Torres fechou a cara e protestou. Que não queria fiança, que o deixassem preso. Ele queria era ir para a Casa de Detenção, para purgar a sua falta.

Veio a mulher, ver se o convencia, e ele correu com ela.

Só tarde da noite, diante do cerco de pedidos e de conselhos de uma porção de gente amiga, é que Torres consentiu que fosse prestada fiança e o mandassem embora. E enquanto o Teixeira, muito lampeiro, foi saindo, o Torres, carrancudo, retirou-se constrangido.

Mas a digestão de tal manjar pedia ar livre. Enfiou o casaco, saiu para a rua, que era aliás um dos seus vícios. Fazia uma noite límpida, rica de estrelas, fresca. Os casais segredavam nos portões. Das janelas abastadas vinha o rumor dos jantares tardios, um vago cheiro de comida. Cumprimentou as moças, brincou com os meninos de passagem, dirigiu-se ao velho de pijama na varanda:

— Como vai essa força, seu Antero?

— Como velho, meu amigo.

— Quem me dera ter a sua velhice, seu Antero!...

— Há gosto para tudo...

— Passe uma boa noite, seu Antero. Recomende-me à senhora.

— Muito obrigado. O mesmo lhe desejo.

Jorge vinha ao seu encontro:

— Então, como vai?

— Rolando sem ser pipa.

Exercia uma certa influência sobre Jorge, embora não fizesse por isso. Conversavam muito, tinham largas discussões e, longe dele, o estudante gastava como próprios muitos dos conceitos que lhe ouvia sem a alteração de uma vírgula.

— Andava sumido. Amores?

— Não. Estudos. Muito atrapalhado. Microbiologia.

Mas Jorge protestou com tal embaraço que o escritor viu que por acaso tinha acertado.

— Pois se anda às voltas com micróbios, pense no amor. É uma peste como outra qualquer — disse acendendo um cigarro sem oferecer, como era seu costume. — E até hoje sem remédio.

— Não brinca.

— Não estou brincando. Falo sério. Mais que sério, cientificamente. Vê se isolas o micróbio e descobres a vacina. A humanidade agradecida te levantaria milhões de estátuas. Uma estátua em cada praça. Vê se descobres. Principalmente para esses amores cerebrais, antinaturais, produtos duma casta de germens de muito mais perniciosa virulência.

Cada palavra caía dentro de Jorge como pedra no vidro. Fazia-o em estilhaços, sem defesa. O escritor era proposital. Gostava de ver sofrer os companheiros com indiretas às fraquezas que percebia neles.

— Como são monstruosos tais amores e tais amantes. Mereciam o Manicômio Judiciário, se...

Mas chegavam ao café, pegado ao cinema, na praça mais movimentada do bairro. Os amigos da roda diária já lá estavam à volta de mesinhas juntas. As horas correram, como sempre, sobre assuntos literários ou pseudoliterários. O escritor, gesticulando como um fantoche, detratou meio mundo: o crítico Albano só tinha uma coisa que o tornava diferente dos demais críticos — a cicatriz no queixo —, no mais era doce da mesma forma com o mesmo açúcar da ignorância e do oportunismo; o poeta Macário Laranjo levava uma vantagem sobre os congêneres — escrever semanalmente, com pseudônimos diversos, cinco artigos sobre ele próprio e encontrar onde publicá-los; fulano era uma mula, beltrano um pobre cretino, sicrano uma rigorosa toupeira. Imitava-os na fala, nos sestros, nos defeitos. Aumentava, inventava. Provocava riso aberto, porque era realmente engraçado imitando, aumentando, inventando. Quanto ao romancista Júlio Melo, por quem mantinha um ódio absolutamente gratuito, definiu pela milésima vez como a mais descompassada besta da literatice nacional.

Pela milésima vez João Soares protestou pausadamente:

— É o nosso grande romancista!

— Só se for pelo tamanho das orelhas.

— Imenso! Imenso!

— Todo sujeito que escreve asneiras é imenso para você, João. Conheço muito seu critério.

Jorge se decidiu, numa vingançazinha:

— Afinal, eu sempre queria saber de quem você gosta...

— Se ainda não sabe, é uma má recomendação para a sua perspicácia, Jorge. Devia até ficar calado, não demonstrar tão abertamente as suas debilidades, pois dois anos de convivência, quase diária, já davam suficientemente para fazer pelo menos desconfiar — fez uma breve pausa e largou: — Falando sério, não gosto de ninguém, sabe? Ou melhor, não gosto da obra de ninguém aqui. Nada fizemos ainda que merecesse aplauso. Nada! O que eu faço, então, é detestável — riu: — Mas, para consolo dos nossos fracassos, gosto é da vida, acho-a formidável!

— Isto é frase — criticou Calazans pensando: idiota!

O escritor aí foi agressivo:

— Não posso obrigar um besouro suburbano a compreender o sol. Nem tento.

Calazans não tinha bastante presença de espírito para responder a tiradas com tiradas e, muito menos, capacidade de discussão. Limitou-se a trocar um olhar com João Soares, que esboçou um dos seus sorrisos imperceptíveis — o seu giocondismo de meia-tigela, como classificava o escritor.

João Soares era um rapaz respeitável, derradeiro rebento de tradicional família fluminense, que deu cartas no Império. Débil e honesto, inteligente e tremendamente estudioso, se esforçava para fazer nos rodapés das *Novidades Literárias* uma crítica séria em moldes europeus. Infelizmente, demasiado livresco e demasiado tímido, tinha um senso tão errado do mundo e da vida, uma tal inexperiência das coisas comuns, que na metade das vezes não acertava. Mas possuía uma dose de perfídia útil para gastar entre os amigos, especialmente em cima do escritor, com quem andava sempre em inconsequente disputa desde os bancos escolares. Foi por isso que veio:

— O teu ódio pelo Júlio Melo está me parecendo complexo. Complexo de inferioridade.

Todos riram gozando a alfinetada freudiana, que era o prato da moda. Mas o escritor não se zangou. Gostava até de ser atacado, de ser fortemente criticado, de passar pelo que não era, prazer que lhe proporcionava amplas risadas. Riu, portanto, mais que todos:

— Talvez...

Era um remanescente do estilismo. Com qualidades excepcionais de observação e de finura, com uma noção incrível da vida, mormente da mesquinha vida pequeno-burguesa, com extrema facilidade de manejar o diálogo, perdia-se numa incompreensão obstinada das novas correntes, das novas imposições estéticas, sacrificando tudo à beleza musical das frases, numa volúpia de escrever bonito.

— Talvez... — repetiu levantando-se e despedindo-se: — Pois fiquem vocês com o meu complexo aí para lhes fazer companhia, que eu vou dormir bem-acompanhado como é da melhor lei de Deus.

Tinha uma amante bastante invejável, aventura de que se mostrava vaidoso e na qual o sintético Calazans previa o casamento como desfecho. A despesa naquela noite tocava a ele:

— Quanto é o prejuízo, chefe?

O garçom fez a conta de cabeça.

— Seis mil e quatro.

— Vai escrachar outro!

Era econômico por índole e necessidade. Despediu-se com fraternal aceno:

— Até amanhã, pessoal. E não sonhem com o Macário Laranjo.

— Quantos ódios cabem num coração de manteiga — foi o comentário de João Soares, quando ele partiu.

— De manteiga rançosa — ajuntou Calazans.

Jorge guardou a maldade com carinho.

64

COM OS ÓCULOS NA ponta do nariz, dona Nieta espreita a leitura da carta de cinco páginas. Sussuca terminara, dobrava-a devagar para metê-la no bolso do avental.

— Vai bem? Que manda dizer?

— Vai bem, sim. Muito bem. Ganhou bastante em duas lutas que venceu e prepara-se para uma outra mais importante, com o campeão de lá, parece. O mais é a história de sempre — chuva, garoa, frio, saudade.

Dona Nieta tornou a pedalar a máquina:

— Antes assim.

Houve um silêncio. Pixavon veio se estirar junto à cadeira. Dona Nieta voltou:

— Não diz quando volta?

Sussuca respondeu com tristeza:

— Não dá certeza. Talvez demore mais um mês.

— Um mês ainda?! Nossa Senhora!

É o que José lhe comunicava, jurando que não tinha culpa nenhuma disso. Acusava o encrenqueiro do Guastini. Ele morria de saudades. Dela e do Rio. São Paulo era triste de fazer chorar. Só vendo. Muito trabalho, muita atividade, muito progresso, mas faltava-lhe a alegria, a liberdade, a graça de viver, que anda solta no ar do Rio. Paulificantíssima! Estava doido para voltar! E o Guastini a atrasar tudo! Acabava pedindo que fosse visitar os velhos, que haviam escrito estranhando a ausência dela.

Sussuca decidiu ir no dia seguinte, que era domingo e prometia bom tempo. Fez realmente uma manhã tão luminosa e bela, que convidava a sair. Resolveu, então, ir logo cedo, aproveitando a obrigação para um agradável passeio matinal.

Os velhos receberam-na com muita festa:

— Sumida...

— Ingrata!

— Não faz caso dos pobres...

Ela protestava, enumerando os seus afazeres:

— Tem sido mesmo impossível. Tanto trabalho! Não tenho um minuto livre.

— Que impossível! É que não gosta de nós... gente moça é assim mesmo — não quer nada com os velhos...

Jorge, que ia sair, tirou o paletó e a gravata, ficou em casa.

— Não se prenda por minha causa.

Não. Ele não se prendia. Estava enfastiado, ia dar um giro só para espairecer, conversar um pouco, mas já não havia razão — tinha com quem. Sussuca riu:

— Pobre de minha conversa!

— É o que você pensa.

— Penso, não. É verdade.

— Que é que você sabe da verdade? — arrematou Jorge, olhando-a com seriedade.

Sussuca tencionava voltar antes do meio-dia, mas se viu obrigada a almoçar, que os velhos não consentiram que ela saísse.

— Não, senhora, que é isto? Tem de ficar. Tem de almoçar conosco.

— Mamãe está me esperando, seu Osório. Eu disse que voltaria para o almoço. Pode ficar nervosa, pensando que me aconteceu alguma coisa.

— Não invente coisas não, menina. Ela não há de pensar nada.

— O melhor então é avisá-la.

— Pois avise.

Sussuca foi à farmácia, na esquina, e telefonou para a quitanda da sua rua. O quitandeiro era velho conhecido. Está muito bem! Está muito bem! — ia mandar o pequeno levar o recado a dona Nieta.

Jorge acompanhou-a. Ela rogara:

— Não se incomode, Jorge. Sei ir sozinha. É um instantinho.

— Mas eu tenho prazer, Sussuca. Ou será que você quer me negar um instantinho de prazer? — e olhou-a de um modo que ela achou um pouco esquisito, mas não interpretou mal.

— Bem, se é assim...

— A felicidade é furtiva. Pior que furtiva, é fugaz, vai-se num átimo. Devemos aproveitá-la com usura.

— A felicidade para você é bem pouco...

— Talvez.

Agora, voltam pela calçada estreita. As árvores quase não dão sombra. Jorge retarda o passo:

— Vamos mais devagar. Para que pressa? A pressa é inimiga da perfeição.

— Vamos.

— Um lindo dia hoje, não?

— Maravilhoso!

O sol arde. O azul do céu deslumbra. A paisagem fulgura. O avião é um pontinho preto no alto se deslocando. Cristo, no Corcovado, abre os braços de pedra cintilante.

— É como você diz, Sussuca. Maravilhoso! Maravilhoso como um convite! Como um clarim parece que o amor nos chama, nos empolga, nos arrebata em suas asas de sol!

Sussuca sorriu, perturbada:

— Você hoje está poético, Jorge. Nunca te vi assim.

— Raramente nos veem como realmente somos, Sussuca. Mas com um dia assim a poesia brota do coração, do coração que vivia calado. Então não dá vontade na gente de se expandir, de arrancar a máscara, de se entregar... sem olhar nada... sorver a vida... viver! viver!... no sentido mais amplo da palavra?

— Como? Não compreendo...

— Você compreende pouco as coisas, Sussuca, ou finge que não as compreende. E para que fingir? A vida é um instante, nada mais que um instante, que não podemos deixar fugir — e colando-se a ela, propõe: — Vamos?... Vamos... até à praia?

Mas na voz abafada entre os dentes, no olhar, no gesto, o convite é outro. Sussuca, atônita, quase parou. O coração está frio — seria crível? Não. Não acredita. É impossível. Absolutamente impossível. É o feitio esquisito dele. E recusa quase que com naturalidade:

— Não fica bem, Jorge. Já é tarde. Estão nos esperando na mesa.

Havia gente na rua, mas, como que alucinado, Jorge não guardou conveniências. Estacou, tomou-lhe o pulso, puxou-a:

— Você sabe...

Não pôde dizer mais. Sussuca, num arranco, libertou-se e corria. Fora um segundo, mas afinal soubera tudo, compreendera tudo — incrível! incrível! Atirou-se no banco da varanda, ofegante, cobriu o rosto com as mãos trêmulas, horrorizada, como se quisesse fugir à visão do mundo desabando — o seu pequeno mundo.

Os olhos estavam secos quando se sentou à mesa, mas a dona Matilde não escapou que chorara.

— Está sentindo alguma coisa, minha filha?

Pretextou uma dor repentina, que a atacava às vezes, como se fosse fisgada, se apanhava muito sol na cabeça.

— Devia ter levado o chapéu. O sol está muito quente, não é brincadeira.

— Foi a pressa.

O velho Rodrigues, com a ponta do guardanapo enfiada no colarinho, achava que era fraqueza:

— Coma que passa, menina. Gente nova não tem dores, tem fome.

Jorge, como se nada acontecera, sorriu, gracejou:

— Vocês não sabem. É saudade.

Só ela poderia sentir o fel que a palavra trazia, e os velhos riam:

— Que médico ele vai dar!

Era preciso rir também, e Sussuca riu, encarando-o com uma coragem de que nunca se sentira capaz:

— Talvez saudade sim... — fez uma pequena pausa e ajuntou com olhar de desprezo: — Mas de quem merece.

Os velhos não podiam perceber nada:

— Disse pouco, mas disse muito bem.

Jorge passou-lhe a cesta, gentil:

— Quer pão?

Mas Sussuca gastara-se e quase já não se aguentava mais. Queria era sair dali, desaparecer, sumir pelo chão adentro — que fizera a Deus para sofrer assim? E o velho Osório, que era um pouquinho chato, espaçando as garfadas, falava de José, que mandara jornais com retratos, notícias, descrições das lutas com francos elogios ao seu cavalheirismo, aliás justíssimos, pois o fato de ser pai não o inibia de reconhecer no filho um perfeito cavalheiro. Falava com indisfarçável orgulho, escolhendo os vocábulos, caprichando nas tônicas. Como insensivelmente se enfronhara em particularidades do assunto, lamentava que no Brasil o boxe ainda não oferecesse os grandes lucros que proporcionava na América do Norte, capazes de tornar independentes os seus cultores.

— Na América é que o Zé ficava milionário, é o que lhes digo. Aquilo é que é terra!

Haveria de se bater para que ele fosse para aquela babilônia. Lástima que não pudesse ajudá-lo.

— Lá é outro meio, meus caros. Há público, compreensão, estímulo e não há preconceitos tolos.

Jorge gargalhou. Sussuca ensaiou um sorriso difícil. O velho Rodrigues tivera os preconceitos tolos que agora condenava. Ele percebeu:

— Podem rir, podem troçar. O que é que vocês pensam? Os velhos também mudam.

Realmente mudara a este respeito. O fato de ler quase diariamente louvores ao filho, achando-os justos, amolecera-o. Uma noite abalou-se, às escondidas, para vê-lo lutar. A multidão entontecera-o. Perturbaram-no os gritos da torcida, o clamor frenético dos aplausos. Contagiaram-no. Não compreendia muito bem, mas gostava — era duro e viril. Gritava pelo filho. O filho perseguia o louro, zonzo, aos socos, terrível, encostara-o contra as cordas, surrava-o, vencendo, afinal, com um golpe inevitável no estômago. Voltou nervoso para casa. Dormiu mal, agitado pelo excesso, inquietando dona Matilde.

Mas o espetáculo, másculo e violento, conquistara-o. Passou a admirar o filho lutador, com o mesmo fervor com que admirava o filho inteligente.

Com a sobremesa esgotaram-se as derradeiras forças de Sussuca. Não podia mais suportar a presença de Jorge. A angústia espremia-lhe o coração. Sentia uma quentura na cabeça, uma ameaça de vertigem, um enjoo, a necessidade premente de sair dali, correr para casa, ficar só, chorar. Pediu desculpas, muitas desculpas, mas não podia ficar nem mais um minuto — a mãe estava sozinha, tinham uma encomenda urgente para entregar, mesmo estava com um pouco de enxaqueca, a cabeça doendo muito. O velho Rodrigues insistiu que viesse mais a miúdo, viesse todos os dias:

— A casa é sua, menina. Mais sua do que nossa. É filha também.

Sussuca prometia, apressando-se — sim, viria. Estava era muito ocupada, mas logo que folgasse... E dona Matilde mandou Jorge acompanhá-la. Ela recusava, nervosa:

— Não, não, é maçada...

— Não, minha filha. É prudente. Você não está passando bem.

Sussuca obstinava-se em recusas contraditórias. Jorge, sem palavras, tomou o chapéu. Ela calou, despediu-se, caíram na rua. A rua estava deserta, batida de chapa pelo sol intenso. Foram andando, mudos, olhando as sombras quase verticais. Os velhos, da janela, espiavam. Ela voltava-se de dez em dez passos — eles lá estavam ainda. Disse um último adeus, dobrou a esquina, parou num desespero:

— Pelo amor de Deus!

Jorge deixou-a ir. Ir com os passos bambos, ia aérea, esbarrando em pessoas e coisas, enganando-se nas ruas, perdendo-se.

Parecia que se abrira um vácuo dentro da alma. Tinha a sensação de que não existia, que a vida se acabara, que era uma sombra, nada mais que uma sombra de passos bambos, sem destino.

Atirou-se na cama. As lágrimas jorraram abundantes, escorrendo pelo pescoço, embebendo o travesseiro. Era um alívio, um imenso alívio! Sentiu-se desafogada, quase serena, quase lúcida. A mãe afagava-lhe a fronte úmida, o peito soluçante, numa pergunta que não chegava a formular — que foi? que foi? Para que dizer? Para quê? Nada, dava a entender procurando sorrir, nada. Tudo passara, tudo seria esquecido — fora um desatino do qual Jorge já devia estar arrependido, um momento mau como tentação do diabo. Que foi que te aconteceu? — os olhos insistiam aflitos. Era inútil resistir. Jogou-se nos braços da mãe, refugiou-se no seio protetor contando tudo. A mãe ouvia, os olhos fuzilando.

Dona Nieta iria a ele. Iria exprobrar-lhe o procedimento — infame, monstruoso, repelente! Iria aos pais. Iria... Não. Não iria. Seria complicar mais a situação, criar uma atmosfera insustentável, destruir a felicidade da filha. Uma doidice não justificaria outra. Prudente, sensato, seria deixar o tempo passar e evitar o rapaz. Sussuca não voltaria lá senão quando José voltasse. Talvez que Jorge, com a repulsa de Sussuca, compreendesse. Talvez já tivesse caído em si. Talvez... Deus é misericordioso! Tudo haveria de se resolver para a felicidade da filha. Contar a José é que não.

— Nunca, minha filha, nunca!

Sussuca achava que não devia esconder. Achava fracamente, só por achar.

— Nunca! É uma loucura.

65

PERDERA A CABEÇA, fora muito longe! Se ela contasse ao idiota do irmão? Não era para duvidar. Pelo contrário, bem capaz disso era a doida. Seria uma encrenca, um barulho danado, os pais entrariam na dança, mas não tinha medo... Absolutamente! Medo de quê?! Que contasse! Contasse o que quisesse. Estrepava-se redondamente! — provas não havia, saberia se defender. Não compreendia, a estúpida, que ele saberia se defender, que poderia até confundi-la, comprometê-la, enlameá-la? Que era o irmão senão um néscio, um crédulo idiota?! Contasse!... Contasse o que quisesse!... Haveria de se arrepender.

E a noite leva-o agitado pela praia de ecos surdos. A poeira d'água salga os lábios, mela a roupa, embacia os óculos.

66

Contínuo da Prefeitura, o cabo eleitoral explica, com sss sestrosos no fim de todas as palavras, que a Sociedade Pró-Melhoramentos do morro de São Carlos, recém-fundada e com desmedida tabuleta na fachada da sede, tem uma alta finalidade. Pleitearia a fundação duma escola pública mista, de um posto de higiene infantil e duma creche, o calçamento dos logradouros mais importantes, a instalação da rede de luz, água e esgoto, além de outras benfeitorias. Aristides sabe que tudo isto é conversa-fiada, promessas para obter votos. Dá para trás:

— Não sou eleitor.

— Isso é de menos, Tide. Num instantinho se arranja a carteira. Não gasta um tostão. O partido se encarrega de tudo.

— É chato.

— Que chato! Muito fácil. O partido faz tudo, paga tudo. Você não tem trabalho nenhum.

Mas Aristides não quer. Não vale a pena. Escolas, creches, calçamentos — a conversa de candidatos, promessas para iludir o povo. Pegam-se lá em cima comendo o milho grosso e esquecem-se de tudo. Fazem discursos, brigam uns com os outros, acabam todos de bem — o povo que continue gemendo.

— Isso era no tempo da República Velha.

— Que República Velha! Não me venha com lambanças. Comigo, não! Vá tapear outro. Há muito trouxa por aí. Que é que fez a revolução?

O contínuo não sabia, torcia o pescoço:

— Mas agora...

— Que agora! Sempre a mesma lenga-lenga. Ora, vá amolar outro! Política não me interessa, nunca me interessou. Dormir é melhor — e virou-se para o lado na enxerga baixa.

O cabo eleitoral quis amedrontá-lo como último e decisivo recurso:

— Mas é obrigado, Aristides.

Fez uma cara de desprezo e desafio:

— Quem me obriga, mano?

— A lei, ora! A nova lei. Todos têm que ser eleitores, quer queiram, quer não.

— A nova lei, não é? Pois passe a nova lei naquele lugar quando estiver sujo.

— Não é preciso brigar, companheiro. Não vim aqui para ter questões. Mas com estas ideias você um dia se trumbica. Lei é lei.

— Deixa trumbicar. É assunto meu. Antes trumbicar que fazer papel de besta.

O contínuo encrespou um pouquinho a voz:

— Você assim está me chamando de besta, como é?

Aristides atenuou o tom:

— A você, não. Você está defendendo o emprego. Está certo. Faz até muito bem. Besta são os que vão atrás das suas lorotas.

O contínuo mostrou os dentes, achando elogio nas palavras:

— Sem lábia não se vence, meu nego. Mas você é um sabidão! — e despediu-se: — Bem, vamos cantar em outra freguesia. Inté!

— Tenha melhor proveito. Inté!

Aristides atracou-se ao travesseiro sem fronha, mas não dormiu. Ficou pensando. Consultórios de higiene infantil, escolas, creches... Talvez fizessem. Mas que adiantaria? Seria tal como o que já tinham. Escolas que não davam livros, nem material escolar, que obrigavam os pais a uma porção de pequenas contribuições — copo de leite, pelotão da saúde, gabinete dentário, nem sabia que mais. Escolas que não aceitavam crianças descalças, como se sapatos caíssem do céu... Boas escolas! E postos de higiene cheios de figurinhas coladas nas paredes, cheios de balanças e enfermeiras para dar conselhos. Mas o que a miséria precisa não é de conselhos, é de comida e de remédios. Isso não distribuíam. Para leite não havia verba. Para medicamento também não. Havia é para o automóvel chapa branca do subinspetor, que vinha achar mensalmente que tudo estava muito bem. Mas coisas assim não adiantavam. Antes ficassem como estavam. E o melhor era não pensar. Era rir. Era cantar. O samba alivia, consola, faz esquecer. A batucada era a salvação. O amor fácil, a finalidade desta vida pequenina, que é preciso aproveitar!

Aristides foi para a porta do barracão, cuja construção é um portento de equilíbrio. A cidade, lá embaixo, se agita ao sol. O mar é azul, cortado de vapores. O avião perde-se nas nuvens. A mulatinha passa, pé no chão, o vestido de chitinha rala largo sobre o corpo novo em folha. Ele é entendedor — uma uvinha! E atira o convite:

— Como é, pedaço de lua, vamos refrescar os corações?

Ela dá uma resposta de arrepiar os cabelos. Recebe-a imperturbável. Nem parecia que era para ele. É completamente encouraçado contra qualquer hipótese de vexame causado por fracassos nas conquistas. No amor é assim, concebia e praticava — não há que encabular. Em cem tentativas, noventa são contra. Mas há dez a favor. Não há que perdê-las. São dez no papo.

67

ERA INEVITÁVEL O CHOQUE.

— Negro chaleira!

— Branco sem-vergonha!

— Sem-vergonha é a desgraçada da sua mãe!

Gumercindo e Peleador trocaram sopapos, engalfinharam-se, rolaram no chão. Quando os separaram, Gumercindo estava com o pescoço lanhado e Peleador sangrando pelo nariz.

Há muito que andavam de ponta. Agrado que José fizesse a um, o outro tomava como preferência. Trocavam indiretas, enredavam intrigas mutuamente. José ralhava:

— Vocês parecem duas mulheres. Só falta usarem saia.

Ouviam as descomposturas e os conselhos, mas não se emendavam. No dia que desapareceram cinco mil-réis do bolso do Guastini, Gumercindo vira o negro comprando cigarros no boteco com uma nota não sabia de quanto. José chamou-o para um canto e disse-lhe, com o semblante carregado, umas tantas e quantas que ninguém ouviu. Gumercindo voltou bastante escabriado e passou a tratar o negro melhor, quando na presença de José.

José escrevia a Gumercindo, mas não se esquecia nunca de mandar uma palavrinha ao negro. Gumercindo não as transmitia. Se calhava lia as cartas alto para moê-lo, inventando favores particulares que o ausente não lhe pedia, aumentando as palavras de amizade que José lhe dirigia e omitindo as linhas dirigidas a Peleador. O crioulo bufava. Para ele, Gumercindo tinha partes com o carteiro, recebendo e jogando fora as cartas que José lhe enviava, pois não lhe passava pela cabeça que José pudesse deixar de lhe escrever.

Alguns caçoavam:

— Mas se você não sabe ler, para que ele vai te escrever?

— Que tem isso, seus burros?! Então não tenho quem leia para mim?

Fazia segredo dessa pessoa. Era Sussuca. Conhecia-a porque lhe levara vários recados de José e desde que ele partira não passara uma noite sem ir lhe fazer uma visitinha. Sussuca achava graça na constância do preto. Não largando o boné, demorava-se pouco, mas o tempo suficiente para dizer cobras e lagartos de Gumercindo. Ela ria, desconfiada:

— Mas que é que Gumercindo te fez?

Peleador explicava aos poucos. Era muito intrigante, muito adulador, chamara-o de ladrão. Não gostava dele. E despedia-se pedindo sempre que não dissesse a ninguém que estivera ali, porque na certa iam fazer trancinha.

— Nem ao José?

— Nem a ele.

— Está bem, Peleador, não direi a ninguém.

Uma noite trouxe flores, Sussuca estava e pegou uma prosa espichada com ela. Noutra não se conteve e falou a respeito das cartas:

— Tem partes com o carteiro, dona Sussuca, ah, tem! Mas um dia eu pego os dois na boa. Se pego!

Sussuca não pôde dizer nada. Coitado do Peleador! Um pouco de ingratidão do José. Por que não mandava um cartãozinho ao menos ao pobre, que tanto lhe queria? E na mesma noite escreveu ao noivo contando o caso, pedindo que o fizesse. Pelo primeiro correio, Peleador recebeu um postal com vista do Anhangabaú. Gumercindo saíra; quem recebeu o cartão foi um outro:

— É para você, Peleador.

O negro dava pulos:

— Eu não dizia? Roubava as minhas cartas, o palhaço! Eu não dizia! Está aí a prova!

Escorou Gumercindo na porta:

— Hoje ele me paga.

Guastini evitou o caso:

— Não perca tempo, negro, que hoje ele não vem mais — e mandou o Queixada cercar Gumercindo na esquina para preveni-lo.

Durante o dia — era domingo — correu à casa de Sussuca com o cartão no bolso. Ela não estava — tinha ido visitar os pais do noivo e mandara avisar que ficava para o almoço. Marimbou pelas ruas com o cartão. Que é que José lhe mandava dizer? Que estaria escrito nele? Virava-o, olhava e reolhava a vista do viaduto. Mas nem por um segundo lhe passou a ideia de que era inconveniente não saber ler.

Esteve um tempo imenso parado na frente do circo. Como era um circo mambembe, sem feras, sem bichos, sem hércules, não valia a pena. Dinheiro posto fora. Ficando na porta, vendo entrar o povo, apreciando a charanga. Da charanga ele gostou. Tocava bons maxixes. O clarinete tinha fôlego de gato, fazia muitos floreados. Comprou cocadas, tomou sorvete do sorveteiro gabola que, falando pelas tripas do Judas, dominava o mercado da porta:

— A última novidade do delicioso picolé: sorvete de galinha! Olha o sorvete de creme! Quando não mata, engorda!

À noitinha voltou e dona Nieta é quem novamente o recebeu de cara triste:

— Minha filha chegou adoentada, com muita dor de cabeça, desculpasse, mas não podia atendê-lo.

68

O CHEFE DA ENFERMARIA, afinal, deu alta à doente — agora o resto pode ser feito em casa. Teixeirinha foi buscá-la — então, nega, vamos?

Ossos de fora, muito pálida, profundas olheiras, Rizoleta recebeu-o sem alegria, quase como a um estranho.

— A coisa não foi sopa. Está ainda muito abalada, é ter paciência — disse-lhe o interno.

Ele teria. Estava perturbado, comovido — pobre Rizoleta! Perdera o viço, a esbelteza, a graça dos gestos — saía uma sombra do que fora.

— Me dá o braço para descer a escada.

Ela deu como um autômato, ele sentiu a pele áspera e bamba do braço — como emagrecera! O porteiro ajudava, maneiroso, habituado:

— Agora! — comandava.

Desciam um degrau e paravam. Rizoleta mal pode andar, as pernas dormentes, fraquejando. O porteiro sabe:

— Precisa é de sol.

Rizoleta sorri fraco, parecendo não compreender, avança mais um degrau, sempre amparada, ameaçando cair.

— Leite, carne, feijão... Feijão tem muita sustância.

— E tomar as injeções — emendou Teixeirinha. — O doutor me recomendou que não deixasse de dar as injeções. São fortificantes.

— É lógico. Tomar as injeções todos os dias. Citanol, não é, seu Teixeirinha?

Não sabia, mas tinha a receita no bolso:

— Quer ver?

O porteiro recusou com um ar de segurança científica:

— Não, não é preciso. Deve ser Citanol, ou então Neurofortil, que tanto faz. Citanol é alemão, Neurofortil nacional, mais barato. Mas a mesmíssima coisa. Fortificantes... — e sublinhou a palavra com um gesto disfarçado sobre a testa, explicando que era para a cabeça.

Teixeirinha mandou o táxi encostar.

69

ESPERAM COM A FICHA número 12 a consulta grátis do dr. Hugo, em cima da farmácia da avenida Gomes Freire. Foi um custo para Rizoleta chegar até aí. Tinha vertigens, perturbações na vista, palpitações, bambeava a perna, dizia que ia cair num buraco. Era impressão. Teixeirinha amparava-a:

— Não tem buraco nenhum, mulher. Não é nada. Vamos, reage. É fraqueza. Vai passar.

Paravam. Ela encostava-se às paredes, agarrava-se a ele, passava a mão emagrecida pela testa enxugando um suor imaginário, choramingando, dizendo que ia morrer:

— Ai, meu Deus!

— Morrer coisa nenhuma, que bobagem! Anda, segure bem no meu braço. Assim. Passou?

— Um pouco, mas a cabeça...

A cabeça tinha um bicho roendo lá dentro. Roía, roía, depois parava. Ficava uma zoeira.

— Vamos, isso não é nada.

Ela encorajava-se, continuavam, vagarosos pela manhã imprecisa, muito cheia de nuvens baixas, esbranquiçadas, cobrindo os morros. Teixeirinha animava-a:

— Dr. Hugo vai ver se o remédio está direito. Se não estiver, receita outro, você toma, fica boa depressa. Você não tem mais nada. Tem é fraqueza, nervoso. Pudera... O que você teve não foi brincadeira!

Dr. Hugo examinou-a demoradamente e aprovou o remédio. Estava bem-indicado — um tônico para o sistema nervoso, que estava arrebentado. Achava é que tinha saído do hospital cedo demais. Não estava bem ainda e lá ficaria melhor do que em casa. Sempre haveria mais recursos. Enfim...

Teixeirinha desculpou-se:

— Eu não sabia, dr. Hugo. Eles disseram que ela estava boa, que só precisava era tomar as injeções por causa da fraqueza, eu fui, tirei ela de lá. Não sabia, senão...

— Está certo, rapaz. Eu sei que você não tem culpa. Mas precisa cuidado... ter paciência com ela, distraí-la, dar-lhe boa alimentação, trazê-la aqui todos os dias para a injeção — isso é capital. Não pode falhar. E nada de excessos, compreendeu? Nada! — e fez um gesto expressivo demais para que Teixeirinha não compreendesse.

70

TEIXEIRINHA GASTOU, na caixa de ampolas, os últimos vinte mil-réis que possuía. Como estava resolvido a fazer tudo pela mulata, precisava se arrumar na vida. A cana estava cruel de chupar. O clube fechara de vez e não conseguira se encaixar em outro, apesar de ter feito força, se oferecendo, procurando amigos. Aristides é parceiro, camarada de confiança, o inteligente, porém, era escorar oportunidades, pois, se arriscassem muito o pelo, poderiam dar com os costados nas grades, o que não tinha graça nenhuma. Se ao menos soubesse onde se enfurnava a vaca da Clemência, daria um jeito pronto, é claro. Mas sumira de fato, ninguém punha o olho nela. Diziam até que saíra do Rio. Lembrou-se de pedir emprestado à viúva do Sebastião, mas repudiou imediatamente a ideia — isso não!

Vendeu dois ternos surrados e aguentou a comida dois dias. Vendeu uns objetos de Rizoleta e sustentou-se mais dois. O aluguel, contudo, se atrasara. A mulher já viera cobrar duas vezes, da primeira meio chorona, da segunda mais altaneira. Antes da terceira, que poderia terminar em tabefe, deu o fora, sem que ninguém percebesse. Transferiu-se para um sobrado perto, na rua dos Arcos. O quarto é ruim, sujo, sem luz, apertado. De noite sentiram percevejos. Para Rizoleta, sem melhoras, tanto lhe fazia — dormitou. Não tinha gosto, nem vontade, nem energia — um autômato. Teixeirinha é que não. Estrilou:

— Porcaria.

Danado, saiu para a rua, esperou a madrugada, andando sem destino, varejando lugares escusos na vaga procura de conhecidos. De manhã armou um banzé de cuia com o senhorio:

— Imundície! Pouca vergonha! Indecência!

O velhote, pardo e corcovado, jurava que a casa era limpa, não tinha culpa, ninguém reclamava.

— É que são de sua marca! Não fico aqui neste chiqueiro, nem pago o dia! — gritou atrevido. — É para aprender.

O homem, amedrontado, coçava a calva, prometia mandar passar querosene na cama, queimar o colchão, comprar outro novo, dar um banho de creolina no quarto.

— Não tem remendo, não! Vou m'embora, já disse, e não pago. Nem um vintém!

Foi. Aristides é que conseguiu o cômodo, na rua do Rezende, em frente de um cortiço infecto e barulhento.

— Que tal, serve?

Revistou a cama:

— É meio bosta, mas ao menos de percevejos estamos livres — tirou uma linhada das paredes manchadas de bolor e cheias de pregos: — Por um mês estamos garantidos. Se não houver grana, é procurar outro. Vai pondo olho, Aristides.

Estava sem tostão. Mordeu o Otílio em cinco, Aristides passou-lhe algum, pensou na rifa — uma rifa dum lindo anel de brilhantes... Fez os bilhetes na melhor caligrafia. Aristides perguntou pela joia.

— E você acha que é preciso?

O companheiro gozou:

— Boa bola! Muito boa.

Vendia dois, três, até quatro por dia e na moleza, a dois mil-réis, dava para ir comendo e fumando barato. Aristides, com férias regulares na venda das modinhas, é que concorria para o resto — cerveja, bilhar, jogo do bicho, parati, cinema para divertir a mulata.

— Depois eu pago somado. Esta miséria não há de durar toda a vida.

— Não há nada.

Cinema foi uma noite só, no Lapinha, quente como forno, e Rizoleta não aguentou. A fita era um drama com bandidos e contrabandistas. Ele, com pragas ao ataque das pulgas, estava gostando; ela sentiu um vazio frio nas entranhas, ia cair — me segura! —, começou a chorar alto, que ia morrer, todo o mundo virou a cabeça no escuro querendo saber o que era, houve pss! Contrariados, saíram. Teixeirinha perdeu a paciência:

— É só chorar, chorar. A injeção que você precisa é couro!

Rizoleta, esquelética, desgrenhada, debruçou-se no travesseiro, choramingando sempre que ia morrer. Ele acalmou-se — coitada... Daquele jeito, porém, é que não podia continuar. As injeções, que custaram os olhos da cara e na segunda caixa já, não estavam valendo de nada, absolutamente de nada. Iria falar sério com dr. Hugo, pôr as cartas na mesa, saber no que parava aquilo. Assim é que não podia. Estava perdendo a paciência que já não era muita. Mesmo andava mal de sorte, necessitando. A rapariga precisava ganhar a vida...

71

QUERIDA SUSSUCA.

Perdoe por não te ter escrito senão hoje. Você bem sabe como eu sou preguiçosa para escrever. Demais, o tempo tem tirado o pouco estímulo que já tenho para pegar na pena. Ando com os dedos duros de frio. Tem sido miserável. Eu acho que o termômetro já não tem mais grau para descer. Porque tem chovido desde que aqui chegamos. Um mês inteiro de chuva, parece mentira. Mas chuva, chuva mesmo. Uma calamidade. Tem lama até no céu.

O hotel é francamente rambles e como por cima está vazio, porque findou a temporada, dá impressão de mais rambles ainda. Pelo menos para mim, que gosto tanto de conversar quanto não gosto de escrever.

São quatro hóspedes só, contando com a gente. Os outros dois heróis são: uma senhora surda como uma porta e um velhote cacetíssimo, que anda de manhã à noite de chapéu na cabeça, mastigando um palito, quando não um fósforo, e que não abre a boca que não diga uma sensaboria. Impossível me entender com essas duas múmias. Me defendo é puxando pelos empregados e pelo dono do frege, porque conversar com papai é horrível. Nem parece o mesmo, Sussuca. Um fracasso. Só fala no fígado, na despesa e nos negócios que abandonou. Está piamente convencido de que ao voltar estará falido. O gerente é um camelo, os empregados, uns vagabundos — é o que me diz cem vezes por dia. Tenho até medo de ter qualquer ferida no ouvido de tanto ouvir a mesma choradeira. De resto, vai melhorando, desinchando e desbotando. Já não está tão Fu-Manchu como você viu. As águas são boas de fato. Mais um mês, diz o palpiteiro do médico daqui, e voltará a ser branco novamente.

Quanto à tua carta, que foi beijada e rebeijada, faço questão de te serenar a respeito do capítulo "separação". Não estou absolutamente desesperada como você pensa. Até foi útil a separação. Ricardo tem escrito religiosamente e pelo beiço, de dois em dois dias, com tinta roxa (!) e papel ultraperfumado. Papai disse que o perfume que ele põe na carta dá para perfumar uma boiada. Foi uma das únicas bolas que papai soltou aqui. Papai conhece-o. Chama-o "o bestalhão de ouro". Ele foi à estação nos levar. Estava patético. Na frente de papai só me chamava de senhorita, o hipócrita. Aliás, foi ultradelicado com papai, que disse uma das dele, que o fez encabular um pouco. Falando com papai a respeito da sua icterícia, disse que não era nada. Papai respondeu: porque o fígado não é seu.

Voltando às cartas do Ricardo. Eu respondi com dois postais. Perdoe que eu tenha escrito antes a ele que a você. Mas você sabe... E mesmo a ele foram rápidos cartões, ao passo que a você hoje é quase um romance. Talvez hoje ainda, aproveitando o apetite, lasque uma carta daquelas para ele. Tipo da carta xeque-mate. Sim ou não, meu filho? Se for sim, dentro de seis meses, como eu te disse, usarei o Ricardo como marido.

E por falar em marido, como vai o teu futuro? Que tem mandado te dizer, o pirata? Quantas novas trombas ele já empastelou? Mande dizer. E diga de você também. Muito,

muito. Uma carta que seja o dobro da primeira, que foi um colosso. E por hoje, chega.

Mil saudades a dona Nieta.

Da irmã querida

Zuleica

PS — Sabe quem está aqui? (em outro hotel felizmente) Linda, a rainha das chatas! Ando fugindo dela como o diabo da cruz.

72

JORGE ESTENDEU o papel ao jovem escritor:

— Leia. Não consigo escapar de seu fascínio.

— É poesia?

— É.

— Leia você mesmo. Não trouxe os óculos de leitura.

— Você nunca usou óculos de leitura!

O escritor riu:

— Venha lá! — e, tomando o papel, leu com voz clara e sincera: — "Entre desespero e esperança os dias correm. A sede de água clara amarga a boca. A lembrança dos gestos é narcótico e o beijo fica impresso no retrato."

— Que tal?

— É um pouquinho lambisgoia, mas está bem. As coisas curtas sempre estão bem.

— Você acha que devo publicar?

— Isso só quem sabe é você mesmo. É a tal história do direito que lhe assiste...

— É. Não vou publicar não.

— O mundo não sente absolutamente a falta das páginas que não se publicam, e, para ser mais exato, também não ganha nada com as que se publicam.

Jorge retomou o papel e rasgou-o:

— Você é feroz, mas veraz. Nada tem importância.

— O que não impede de você guardar a cópia que tem em casa.

73

SIMÕES ERA PORTUGUÊS, mas se fizera na América do Norte. Com razoável cartel de vitórias, aportou no Rio de Janeiro. Fazia um passeio bonito e um bom negócio. O entusiasmo natural da colônia, por tudo que fosse lusitano, foi um sentimento sempre explorado com resultado. O seu empresário contava fazer belas bilheterias, salvo um fracasso no início da temporada. Para evitar semelhante desastre, concebeu o plano elementar de atirá-lo primeiramente contra elementos relativamente fracos. Assim procedeu e Simões desempenhou-se satisfatoriamente, mostrando que o cartaz trazido não mentia. Se não era extraordinário, se se encontrava gente nacional de igual força, evidenciava bastante técnica e uma agressividade que empolgava. Por tais qualidades o público luso, já fácil por índole, tornou-se verdadeiramente caudaloso e fanático.

Um encontro com Túlio Saladino, de São Paulo, que era apontado como o provável campeão brasileiro da sua categoria, já que o dono do título abandonara espontânea e repentinamente o tablado, daria forçosamente uma grande renda. O empresário propôs o negócio e ele ficou assentado. Mas Guastini, que queria aproveitar uma oportunidade para o bolso próprio e para o do pupilo, com o prestígio que desfrutava, numa combinada entrevista teceu os pauzinhos pela imprensa. Achava que

Simões não devia cruzar luvas com Túlio Saladino, antes de fazê-lo com Tommy Jaguar, porque seu protegido evidenciara ser o único adversário com possibilidades de enfrentar o boxeador paulista em disputa do título nacional e não por outro motivo se encontrava em São Paulo, onde preparatoriamente já se batera com dois bons pugilistas locais, vencendo-os de maneira insofismável.

E com tal habilidade se conduziu que a questão pegou. Os jornais da Pauliceia clamaram: não era justo que Simões, que vencera no Rio boxeadores reconhecidamente inferiores, fosse se bater com o presumido campeão brasileiro, sem ter passado pelo campeão carioca. Os jornais do Rio uniram-se aos de São Paulo e com mais grita exigiam o encontro, aproveitando o ensejo que se oferecia para malhar, com feroz oposicionismo, a Comissão Central de Boxe, "que, ninho de incompetentes e negocistas, não praticava um ato que não fosse rematada asneira ou patifaria".

O empresário de Simões não via outra solução, senão pô-lo contra Tommy Jaguar, do contrário o pupilo cairia na antipatia popular, o que equivaleria a prejuízo certo. Mas danava-se. A renda contra Túlio Saladino seria o dobro quase da de Tommy, e se Simões fosse infeliz contra o carioca, o jogo contra Túlio Saladino daria em água de barrela, o que lhe parecia provável, pois conhecia bem a forma de Tommy Jaguar. Melhor seria aceitar o embate e entender-se com Guastini... Ganharia as duas, com a circunstância favorável de poder arrancar ainda mais renda contra o pugilista, ficando este na situação de última esperança brasileira ante os punhos do estrangeiro. Sim, isso é que seria melhor. Estava resolvido com seiscentos diabos! Há males que vêm pra bem. Aceitaria e falaria com o Guastini. Conhecia bem o Guastini.

74

JOSÉ ACHOU A NOIVA abatida, nervosa, diferente.

— Que é que você tem, meu amor?

— Nada.

— Que nada! Você tem alguma coisa... Que é? Você nunca foi assim.

— Não tenho nada, José. Já disse. Nada! É desconfiança sua, sem razão.

— Não se trata de desconfiança, trata-se de evidência. Por que me esconde, querida? — insiste com acento brando de ralho. — Por que você não me confessa tudo? Será que não mereço, nem te posso ajudar?

— Mas confessar o quê? Esconder o quê? Que cisma a tua. Eu sou a mesma. A mesma — repetia como para se convencer a si própria que era verdade.

Não era. Bem que mudara. Mostrava-se outra, diversa, inconsistente, balançando-se na dúvida do seu destino. Contaria? Não contaria? Jorge continuava a persegui-la. Por duas vezes, ao chegar à janela, dera com ele passando pela calçada fronteira — ah, se a vizinhança desconfiasse! Passou a não abrir mais as janelas, evitava ir à rua, o máximo que era possível. Que poderia advir dessa louca insistência? Que dias lhe traria o casamento, com a proximidade dele pelo parentesco, e, infelizmente, pela ascendência que exercia sobre José? Contaria?

— Você é que está diferente com a orelha amassada.

José recebera um golpe violento na orelha, que a modificara visível e feiamente.

— Não. Nada de brincadeira. Nada de subterfúgios. Eu sou o mesmo, Sussuca, tal como me conheceu. Você é que mudou. Mudou e não me diz por quê.

— Quer que eu minta, por acaso?

— Não, querida, nem por sombra. Quero que você me diga a verdade. Será que não gosta mais de mim?

— Que doidice!

— Confessa. Não vou me zangar. Juro!

— Que tolinho...

Havia uma tal ternura na reprovação dela, que José sentiu-se piegas, ridículo, e buscou a razão da transformação, que tão nitidamente sentia, em outra causa.

— Está doente?

— Não.

Depois que negou, Sussuca se arrependeu. Poderia ter dito que sim. Que realmente estava doente, que tinha dores na cabeça, fisgadas fulminantes e sensação de fraqueza, como era do seu feitio. Que quisera esconder com medo que ele se alarmasse... Quis voltar atrás, dizer que sim, inventar padecimentos. Mas deu-lhe um nojo irresistível de mentir. Não contar a verdade era melhor que enganá-lo.

— Não. Não tenho nada, meu amor. Tudo é imaginação sua. Pura imaginação. Estou até passando muito bem. Não me acha um pouco mais gorda?

— Mais ou menos. Mas...

Sussuca pôs-lhe o dedo na boca:

— Para que insistir ainda? Não é nada. Acabe com isso. Não lhe basta o que eu digo? Não acredita em mim? Alguma vez já lhe menti?

José deixou-se dominar, abraçando-a longa e cerradamente como que pedindo perdão — oh, meu amor! Sussuca sentiu-se forte, mais tranquila, mais segura. Queria que ele contasse a vida que levava em São Paulo, toda, toda, sem esquecer de um nadinha, o que lhe mandara dizer em cartas não valia!

E forte se manteve pelos dias seguintes, como se se tivessem dissipado os seus temores. Mas o noivo desconfiava sempre. Pressentia que alguma coisa se escondia atrás da alegria retornada. Não era a mesma alegria. Não era a espontânea alegria de Sussuca, algo infantil e angélico, que ele tanto admirava. E dona Nieta traía-se manifestamente. Perdera o natural desembaraço, mostrava-se apreensiva, o olhar dolorido de quem chora de noite e uma nervosidade irreprimível no falar. Que seria? Ambas sabiam, não havia dúvidas. Sabiam e ocultavam. Que seria? Pensou em abordar dona Nieta, mas não o fez. Seria uma deslealdade para com Sussuca. Pensou numa enfermidade de dona Nieta. Dona Nieta parecia realmente sofrer. A mãe dela, estava a par, morrera de câncer. Quem sabe? Sim, era possível. Uma enfermidade grave, necessitando tratamento urgente, e ela talvez sem recursos para fazê-lo, envergonhando-se de lhe pedirem auxílio, preferiam calar... Disfarçou:

— Eu acho a sua mãe com má cara. Tanto trabalho, tanta privação, coitada. Não seria bom tomarmos cuidado?

Sussuca percebeu e enterneceu-se, sem forças para continuar a não mentir:

— Eu também tenho notado, querido, mas não queria falar para não assustá-la. Você sabe como ela é aflita.

José estava radiante (adivinhara!):

— Mas por que não me escreveu? Eu daria providências.

Sussuca balançou os ombros. Ele zangou:

— Você tem mania de me esconder as coisas, com medo de que eu me zangue, me aborreça, não queira acudir. Criancice! Então não me conhece ainda, será possível? (Sussuca olhava-o. Se conhecia! Para ela, José era transparente. Um anjo transparente.) Que boba... — estava contente por poder chamá-la carinhosamente de boba. — Felizmente está em tempo. Vamos levá-la a um médico, esclarecer logo isso.

— Sim, vamos.

Queria provar que até materialmente não fazia nenhum sacrifício:

— O Jorge (e Sussuca estremeceu) dá-se intimamente com os médicos de maior nomeada. São quase todos do hospital onde trabalha. Ele arranjará para não cobrarem nada.

Sussuca atalhou:

— Também não é o caso para tanto, meu bem. Que exagero! Não precisa incomodar o Jorge (que dificuldade em pronunciar o nome!). Qualquer médico serve. O dr. Moura aí da praça é muito bom, muito competente. Tem sempre nos tratado com acerto.

— Mas não é incômodo nenhum, Sussuca. O Jorge faz isso para quantos peçam.

— É.

— Que seja, teimosa. Não quero discutir. Mas entre o dr. Moura e um professor não pode haver comparação, pode?

— É pior. Vai assustá-la. Mamãe é nervosa. Um professor... Ela nunca viu um professor!

— É mesmo. Você tem razão.

— O melhor é a gente, com jeito, convencê-la de ir consultar o dr. Moura. Diz-se que está magra, um pouco cansada, e tal e coisa. Com jeitinho há de ver que ela vai.

Interiormente Sussuca arquitetava o plano de explicar à mãe a necessidade de se deixar convencer pelas palavras dela e do noivo, pois ele estava acreditando piamente que a razão do seu abatimento era proveniente de qualquer enfermidade.

José aprovou:

— Sim, você tem razão. Não convém assustá-la. Pode ser prejudicial. Iriam com jeito.

Saiu, naquela noite, feliz e desafogado da casa da noiva. Que boba... Que anjo!... Desejava, num devaneio, que dona Nieta enfermasse gravemente, ficasse às portas da morte, para que ele, provando só ver no mundo a felicidade de Sussuca, dedicadamente gastasse todo o seu dinheiro e se endividasse ainda para salvá-la.

Quando chegou em casa, dirigiu-se diretamente ao quarto do irmão, para se aconselhar com ele. Jorge não estava, chegava sempre tarde, aliás. Para esperá-lo, abriu o primeiro livro que pegou sobre a desarrumada mesa. Era um romance, mas, às primeiras páginas, deu-lhe sono. Não gostava de ler. Dava-lhe logo preguiça. Admirava-se como o irmão lia, duma assentada, um romance inteiro. Desde pequeno Jorge fora assim — preferia os livros aos brinquedos. Em rapaz, sobrepunha-os aos esportes. Devorava livros sobre livros sem nunca se enfadar. Perdia noites debruçado sobre eles. Escrevia crônicas para os jornais. Horas e horas, entre companheiros, discutia sobre livros, poetas e escritores (uma vez, e única, acompanhara-o e achara insuportável), brigando até por causa de opiniões contrárias. No fundo achava que o irmão se comprometia. Um médico não lê histórias!...

Jorge chegou tarde e, ao ver a luz do quarto acesa, adivinhou — é ele que me espera. A burrinha demorou mas deu com a língua nos dentes. E entrou com a coragem que lhe dava a certeza da sua superioridade — temos que convencer esta zebra.

José levantou-se:

— Estava te esperando, pois queria te falar a respeito de uma encrenca que surgiu.

Jorge franziu a testa e foi seco:

— Diga — e tirando o paletó, mentalmente preparava o laço com que havia de prender o irmão.

— É uma coisa um pouco chata, mas temos de dar um jeito. Sussuca e dona Nieta estavam escondendo umas coisas de mim, pensando que era para o meu bem, você sabe como são as mulheres. (Jorge estava com o laço armado — que falasse. Depois...) Mas eu acabei adivinhando. (Jorge arregalou insensivelmente os olhos.) Dona Nieta está nervosa, abatida, muito doente e, sem recursos, tinham vergonha de me dizer, com medo que eu me aborrecesse com a obrigação de socorrê-las.

Jorge riu para dentro e para fora. José chocou-se:

— De que você está rindo?

José transformou o laço num segundo:

— Do seu medo.

— Do meu medo?! Não percebo...

Jorge, à vontade, jogou o novo laço:

— Pois vai perceber. Quantos anos tem a sua futura sogra, Zé? — e tirava despreocupadamente as calças.

— Quarenta e tantos, cinquenta, não sei ao certo.

— E você acha sobrenatural que ela esteja nervosa, abatida, não sei que mais?

José positivamente não compreendia.

— É da idade, José. Que diabo! — parou no meio do quarto — parece que eu estou falando grego.

José confessou que sim — não atinava onde ele queria chegar. O irmão, então, rindo sempre para dentro e para fora, explicou com detalhes dispensáveis e engraçados. José saiu rindo da sua ignorância, da "doença" de dona Nieta, aliviado — ora, vejam! Passa com o tempo, dissera Jorge, acrescentando a brincar — nada é eterno, salvo a estupidez humana! Mas José custou a dormir. Ficou imaginando como haveria de dizer aquilo a Sussuca.

75

A CONVERSA COM O IRMÃO como que veio exasperar os desejos de Jorge. Sussuca está nua para ele. Nua no meio do quarto, nua na cama revolta, nua com os pés enormes, as coxas enormes, os seios enormes. Rolam na cama, rolam no chão, ele morde-a, ela grita banhada em sangue, ele morde-a mais, mais, quer mais sangue, muito sangue, porque sangue é alegria, é vida, é amor!

Quanto mais morde, quanto mais lhe dilacera a carne dura, mais se soltam os desejos do peito insaciável. Estorce-se, estorcem-se, morde, rilham os dentes, gritam, gemem, lambuza-se de sangue, o sangue é ácido, o sangue é doce, o sangue é áspero! — crescem os desejos mais e mais na noite imensa.

76

AS NOITES SÃO IMENSAS para Baltazar. Baltazar tem olhos. Baltazar vê a situação do país. Vê longe. Muito longe. Pensa sombrio, doloroso, no infeliz futuro dos filhos. Que será dos seus filhos? Que será dele próprio, talvez? Baltazar é um destroço. Odeia e ama o Brasil!

77

O JOVEM ESCRITOR DOBROU o vespertino com beatitude. Havia lido o seguinte:

UM OLHAR DENGOSO E CHIQUE

MÚSICA DE SENTIMENTO E DE PANCADARIA

O seu olhar dengoso
e chique
assim,
Há de dar cabo
meu anjinho
só de mim...

Com que soluços o Gastão descantava a modinha de Catulo!... Como gemia o violão, acompanhando o requebro da trova!... E a gente da avenida gozava o cantar. A gente toda, não; um vizinho, o Antônio, não gozava nada. Até se indignava:

— Malandro! Em vez de trabalhar, vive aqui a cantarolar todo santo dia!

— Oh, Antônio! Que é que tem! Seu Gastão até distrai a gente...

— É, distrai... distrai...

O Antônio não sabia explicar direito, mas parecia-lhe que a mulher, quando o vizinho cantava, ficava meio abstrata, deixava a panela pegar, o café fervia no aquecedor... Mas iam vivendo...

Assim que o Antônio saía, a Honorina deixava o trabalho caseiro e punha-se à janela. Da casa vizinha, então, tornava-se mais suave a voz do Gastão:

O seu olhar dengoso...

A música seduz até as cobras... Ultimamente, a Honorina já saía de sua casa e ia ouvir o seu Gastão na casa dele. De uma feita até fizeram um dueto. O pai de Honorina, o velho Claudino, que assistiu ao dueto, gostou e pediu mesmo bis. Não lhe passou pela ideia que a música seduz até as cobras... A vizinhança começou a boquejar sobre a música dos vizinhos. Mas os murmúrios não chegaram ao Antônio. Parece mesmo que ele já não implicava muito com os cantos do vizinho, porque a Honorina não mais deixava a panela pegar quando ouvia a modinha. Era natural; se ela mesma já cantava com o acompanhamento do Gastão!

Ontem, o Antônio chegou mais cedo. No portão da avenida que é na rua da Saúde n° (...) encontrou o sogro; deu-lhe as boas-noites e seguiu. Pouco depois, o velho ouviu gritar: seu Claudino! seu Claudino! Era o Antônio que o chamava. O velho foi; entrou em casa e foi até o quarto do casal. Encontrou a filha muito branca, encostada à parede, e o genro lívido, com o dedo apontado para baixo da cama. Olhou e viu duas botinas de homem com as biqueiras no chão e o salto para cima. O Antônio caminhou, com passo de drama e puxou as botinas.

Saíram duas pernas, um busto e por fim a cabeça do Gastão, o vizinho cantador de modinhas! Quando ele se pôs em pé, quatro braços caíram-lhe em cima. Quatro braços, não; dois braços e duas marretas, que o velho Claudino tem dois braços de pau, porque é aleijado. Mas foi o que mais deu. A Honorina meteu-se em casa de um vizinho. Mas não foi a do Gastão. A polícia, mais tarde, registrou que Gastão F. B. fora socorrido pela Assistência com a cara em petição de miséria, e que eram acusados do deplorável estado Antônio P. A., empregado no comércio, e o septuagenário A. Claudino, marido e pai respectivamente de Honorina A., a dona do olhar "dengoso e chique", que ia, sem querer, "dando cabo" do Gastão...

78

DR. HUGO PÔS-LHE a mão no ombro:

— O caso dessa rapariga, Teixeirinha, já saiu da minha alçada. Nada mais posso fazer. Já é caso para especialista. É melhor você levá-la a um e rápido, pois tempo, creio que já se perdeu bastante.

— Mas eu não tenho com quê, dr. Hugo. Ando liso, rapado, o senhor bem sabe.

— E eu perguntei se tinha ou não? — interrogou rudemente o médico. E sem esperar por resposta sentou-se e escreveu um cartão de apresentação para um colega: — Está aqui, com endereço e tudo — disse, entregando o envelope a Teixeirinha. — O que ele disser você faça e venha me dizer. Tenho o maior interesse em saber. E vai dando o fora, que tenho muita gente para atender.

Teixeirinha quis agradecer, balbuciou, foi impossível. Dr. Hugo o empurrava para a porta como se fosse um importuno:

— Vamos. Deixe de conversa. Amanhã você me fala.

O cartão era para o dr. Sales de Macedo, no Hospício Central. No Hospício Central — leu outra vez. Então o caso era sério, assim? Não. Não acreditava que Rizoleta estivesse doida. Não era possível! Ela não praticava nenhum desatino, nenhuma besteira. Enfim...

79

Dr. Sales foi atencioso ao extremo. Tinha a voz macia e o olhar parado e azul. Examinou os olhos de Rizoleta com uma lâmpada portátil, bateu-lhe nos joelhos com o martelo de borracha, fez-lhe cócegas na planta dos pés, mandou esticar um braço, depois o outro, abrindo os dedos da mão. Os dedos tremiam ligeiramente. Fez-lhe muitas perguntas, repetindo com insistência algumas delas. Rizoleta ia respondendo mais ou menos.

— Tem exame de sangue?

— Não, senhor — respondeu Teixeirinha. — Dr. Hugo não mandou.

— Pois vamos fazer. Amanhã você traga-a aqui para tirar o sangue. Hoje é tarde.

— Mas ela não tem nada, tem, doutor? — e perguntava com trejeitos, sem que Rizoleta notasse, se ela estava sofrendo da cabeça.

— Não. Nada disso. Coisa à toa. Se ela pudesse ficar aqui repousando seria melhor, mas infelizmente isso aqui anda cheio — nem uma vaga. Se houvesse necessidade premente, arranjava-se. Mas não há. Vá ficando em casa. Mas repouso, está ouvindo? Repouso. E muito cuidado. Amanhã traga-a aqui como já lhe disse. E venha mais cedo.

— Não toma nada, doutor?

— Por enquanto não. Tudo a seu tempo. Traga-a para tirar o sangue primeiro. O exame é que vai dizer o que temos a fazer — e preveniu: — E que ela venha só com o café da manhã. Mas café simples. Mais nada.

Quando eles saíram, dr. Sales virou-se para o assistente:

— Punção raquidiana, compreendeu?

— Kahn e Klein, professor?

— Müller também.

Franzia os lábios num cacoete de contrariedade — devia ser internada para observação. Parece um caso suspeito. Mas como? E queixou-se da administração, que era uma vergonha — em pavilhões para cinquenta, metem duzentos! Não há medicamentos na farmácia. A ordem do almoxarifado é substituir. Pede-se valerianato de atropina, mandam água de flor de laranja.

O assistente não conteve o riso. Fleumático, experimentado, não dava socos em ponta de faca — aceitava tudo. Desde que recebesse o dinheiro no fim do mês, estava certo. Perdia quem se amofinava. Mas água de flor de laranja substituindo valerianato de atropina, era irresistível.

— Que pândega!

Dr. Sales, porém, não achava graça alguma:

— É uma ignomínia! Se o governo não dava verbas, fechassem o hospital logo duma vez. Seria preferível àquela farsa.

O que ele achava engraçado — tristemente engraçado! — era essa história de falta de dinheiro. O governo não tinha, o governo pregava economia, fazia economias, cortes sobre cortes. Mas gastava milhares de contos em banquetes cívicos, em paradas, na cavação eleitoral, em visitas de cordialidade sul-americana, em embaixadas para contentar os afilhados da situação ou para afastar elementos possivelmente perigosos. Milhares de contos! A indignação atingiu o auge. Fechou o punho frágil com cólera: — É uma imundície, um monturo! Precisamos é duma limpeza em regra! — e varria o ar com os braços curtos. — Uma limpeza em regra! — e punha uma secreta esperança na ação dos camisas-verdes, que se alastravam pelo país.

Vivia brigando com o diretor-administrador pelas falhas do serviço e da organização. Era mostrá-las ao ministro, era exigir. Para isso é que era diretor-administrador. O homem, porém, era acomodatício — é preciso ter paciência, compreender as dificuldades... E ele, indignado, prometia abandonar o cargo de chefe de clínica:

— Vou largar esta joça! Não continuo neste chiqueiro!

Prometia, prometia, mas na hora da decisão faltava-lhe a coragem. Amava o hospital. Identificara-se com ele. Era o seu vício, o seu ambiente, a sua própria vida. Havia trinta anos que mourejava nele. Trinta anos de dedicação, de sacrifício, de serviços úteis. Não podia abandoná-lo. Seria faltar-lhe o ar, o sangue. Morreria fatalmente. Dr. Sales tinha a cabeça completamente branca.

80

JOSÉ PROTESTOU INCONTINENTI:

— Não, Guastini. Isso eu não faço. Se ele ganhar, está muito bem. Mas tem que fazer força.

Guastini tinha a moral elástica e levianamente ajustara com o empresário de Simões o desfecho da pugna, com lucro para ambos — Tommy Jaguar perderia por pontos e levaria com isso uma considerável comissão no jogo contra o paulista, comissão da qual ele, Guastini, participaria.

— Mas é que todos fazem, Tommy.

— Não ponha isso no plural. Eu sou diferente. Pensei, aliás, que já soubesse. Não aceito propostas dessa ordem.

— Mas nós vamos perder dinheiro, rapaz. Que tolice! Dinheiro não cai do céu.

— Pouco importa de onde caia. Tramoia não faço.

Guastini exaltou-se:

— Pouco importa, uma brisa! Importa muito! Isso é poesia, Tommy, e poesia não entra em boxe. Nunca entrou.

José também se exaltou:

— Não sei se entra ou se não entra. Sei é que é bandalheira e eu não tomo parte em bandalheiras. E ainda mais: amizade à parte, que é sincera como você bem deve saber, não há nenhum contrato entre nós que o autorize a fazer negócios sem o meu conhecimento e muito menos combinações dessa espécie.

Guastini murchou. Realmente, o contrato que os prendia atualmente era verbal. Tommy dava 10% de quanto ganhava, e se o fazia era por camaradagem, pois que pagava o aluguel do ginásio como lugar de treinamento, e no aluguel já estava incluída a assistência técnica de Guastini. Tinha já bastante fé de ofício para se impor, na maioria dos casos, independentemente de intermediários. Guastini murchou e envergonhou-se até do papel feito. Tommy era um amigo, um amigo do peito. Além do mais, o seu sucesso na carreira, aparentemente devido a ele, Guastini, como professor, havia concorrido para a matrícula de muitos novos alunos na escola.

— Você ficou zangado, Tommy?

— Não, não fiquei. Nunca ficaria zangado com você. Mas está prevenido. Não caia noutra.

— Foi besteira minha, sim.

— Ainda bem que reconhece.

Guastini readquiriu a habitual alegria:

— O mais gozado é que o empresário do Simões está convencido de que a luta vai ser páreo canja.

José ainda estava sério:

— Pois você vá ter com ele logo e ponha o homem a par da verdade. Ele se enganou. Não sou de muambas. Nunca serei. Vou para lutar e farei tudo para ganhar. No duro! O galeguinho que se previna. Vá dizer isso ao homem.

— Deus me livre! O homem me come!

— Pois se não tem coragem vou eu, Guastini.

José estava resolvido a fazê-lo. Guastini pôs-lhe o braço nas costas, sossegando-o:

— Não se exceda, rapaz. Que é isto? Eu estou brincando. Não vê logo?

— Meu nome não é motivo para brincadeira.

— Não se exceda, Tommy. Por Deus, fique calmo. Tudo se resolverá. Eu tive a culpa, eu aplainarei a situação. Deixe comigo.

— Está bem. Está bem.

Guastini achava com os seus botões que estava muitíssimo mal. Em que encrenca se metera! Que bota teria que descalçar! Mas simpatizava-se com a atitude de Tommy. Levasse o diabo o dinheiro! Nunca vira daquilo, palavra de honra. Era de espantar. Acabou por gozar o empresário logrado — que bucha! Num ataque de hilaridade, encostava-se à parede — que bucha o gringo vai tomar.

81

— E A NOSSA RIZOLETA, como vai?

— Vai indo na mesma.

— Mas não passou a dor?

— Quase nada. Queixa-se muito. Passa as noites em claro. Não há cafiaspirina que dê jeito.

— Que espiga!

— Bem, o médico disse que era natural.

A punção deixara Rizoleta com a cabeça estalando. Passaram três dias (no quarto dariam o resultado) e a dor persistia muito pouco atenuada apesar de todos os comprimidos.

Teixeirinha viera apenas comprar cigarros no café. Aristides pegou-o para uma cerveja — tomaram quatro — e agora propôs que acabassem de matar a noite no boxe. Teixeirinha não quis. Não podia deixar Rizoleta tanto tempo sozinha.

— Mulher é atraso de vida, mas que se há de fazer no caso? Temos que aguentar.

— Mas que tem ela afinal, que não pode ficar sozinha um par de horas?

— A dor de cabeça, ora. Acha pouco?

— Mas o raio do médico não disse que era natural?

Teixeirinha ficou meio desarmado — sim, disse — e Aristides insistiu decididamente.

— Vamos. Deixa de fricotes. Se você se amarra a uma dor de cabeça, está perdido, meu velho, e malpago.

Teixeirinha não queria contrariar o amigo e resistiu, falando da qualidade da luta:

— Não vale a pena. Vai ser droga, dinheiro posto fora. Você sabe como é essa história de lutas — pura tapeação.

— Deixe de bobagem, homem! Vai ser um páreo roxo — fazia fé no brasileiro.

— Um galinha-morta.

— Que galinha-morta, um braço!

Teixeirinha fez pouco:

— Você conhece ele?

Aristides mentiu, afirmando convictamente que sim. Já vira muitas lutas, mais de vinte — um bamba! Teixeirinha sabia que era patranha. Conhecia de sobra o parceiro.

— Quando foi que você viu luta dele?

— Quando? Ora... Quando... Você pode duvidar, fazer o que quiser, mas não adianta, Teixeirinha. Muito bom! Um braço! Leia os jornais.

— Você vai atrás de jornais? Acaba comprando bonde.

— Não! Agora não é farol, não. Vamos. Você vai gostar.

Teixeirinha viu que era inútil resistir mais, mesmo já se sentia tentado:

— Está bem, Aristides. Entrego os pontos — e garantiu que num concurso de chateação ele tiraria o primeiro prêmio.

*

O remorso, porém, perseguia-o pelo caminho todo. Ela não deve ficar sozinha — o médico dissera. Não, o médico não dissera isso. Dissera que tomasse cuidado. Não dissera, mas não devia. Fazia mal. Pensou em voltar, mas não o fez. A multidão excitava, atraía. A iluminação do estádio já estava perto. Cada momento mais perto. Mais dois minutos e chegariam. O bondinho ia carregado. Voltar? Que diria Aristides? Devia muita amizade ao companheiro. Dele é que se sustentava ultimamente, relaxado, apático, numa incapacidade para a menor cartada. Pacificou-se, quando o bonde parou diante dos alto-falantes ensurdecedores: também, para que más ideias? Desceu: para quê? Não havia de acontecer nada.

Os cambistas ofereciam no meio do povaréu:

— Mais quinhentos réis! São as últimas galerias! Somente mais quinhentos réis!

— De mim, não! — e Aristides foi fazer força na bilheteria.

O estádio estava à cunha. Empurra que empurra — um lugarzinho pra nós, minha gente. Onde cabem dez, cabem mil! — espremeram-se no galinheiro. As preliminares não valeram um caracol. O povo fazia uma zoada infernal.

— Fora! Fora! Cai fora!

— Lanfranhudo! Pé de chumbo!

— Sai daí, palhaço! Vá ser ruim nos confins do inferno, desgraçado!

Vaiava os lutadores, vaiava os juízes, vaiava a comissão que dava vitórias imerecidas. Destacou-se um latido:

— A comissão é burra!

Outro emendou mais perto:

— Cuidado com uma chuva de cangalhas!

Teixeirinha virou-se:

— Eu não disse que era pachouchada? Esta história de boxe está ficando uma titica.

— A principal é que é.

— Estou imaginando... — e pensava em Rizoleta.

E Lourenço Gol, um principiante, de cabelo raspado, algo adiposo e calção de seda amarela, apanhava como boi ladrão nas unhas do mulatinho. Era um lepra. Visagem só. O povo ria. O gaiato gritou:

— Estão te chamando ao telefone, Gol!

Tinha havido um intervalo maior. Já se protestava com impaciência — Está na hora! Bote o bacalhau pra fora! — quando o sussurro correu pela assistência. Com um felpudo roupão verde, Tommy Jaguar pisou o tablado. As palmas estrugiram, ele acenava agradecendo, os vivas subiam:

— Tommy! Tommy! Tommy!

Teixeirinha empalideceu:

— É ele, Aristides!

— Tommy Jaguar. Quem havia de ser?

— Que Tommy Jaguar! O tal do soco!

Aristides não pescou:

— Que charada é esta?

Teixeirinha esclareceu — filho de uma égua! Aristides fez uma cara de desconsolo:

— Veja só...

— Estou vendo. E vou tirar a diferença.

Aristides torceu o nariz, sem opinar. Achava, consigo, que era um tanto arriscado. Para cima do Tommy... Podia ser... Mas duvidava. Teixeirinha pensava que ser campeão não é documento. Como andara atrás dele! E não despregava os olhos do ringue. A luz dos refletores dava forte no lutador. Era ele...

Que safado! Sem a cabeleira, sem o bigodinho... Quanta mosca comera! Farto de ver retratos dele nos jornais, nos muros — o tal de Tommy Jaguar!... — e nunca desconfiara. Só de burro! Só de burro! — repetia. Toda uma raiva acumulada rompeu-se, encheu-lhe o coração pedindo desforra. Cerrava os punhos para um soco imaginário — safado!

Mas o português subia ao quadrado. A colônia, de pé, delirava. Os brasileiros retrucavam, louvando o patrício. Tommy Jaguar agradecia, sorrindo, com os olhos brilhantes.

O gongo soou. O combate foi rude, mas rápido. Não se tatearam. Avançaram logo para decidir a parada. Duas feras dando o que tinham. A assistência delirava, urrava. Os socos eram elétricos, as esquivas, elétricas. Havia um nervosismo tenso no ar. Aristides segurava, excitado, no braço de Teixeirinha:

— Eu não disse?

Teixeirinha sentia o coração bater agitado no peito, os pensamentos ferviam, crispava as mãos, não respondeu. O povo urrava:

— Aí, Tommy! Tunga o portuga!

Tommy — pimba! pimba! — tungava de verdade. Deu uns passos de valsa, ensaiou um soco com a direita, saiu com outro de esquerda direto ao queixo e desferiu atrás dele uma saraivada de golpes certeiros. O português sentiu e, tonto, escondia a cabeça, se esquivava para reagir. O estádio põe-se de pé:

— Mais! Mais!

Tommy perseguia o adversário aturdido, que inutilmente tentava entrar em clinche para se salvar. Aristides perdera a cabeça:

— Acerta! Acerta logo! Bota este galego para dormir!

Tommy acertara uma poderosa canhota no estômago. O português dobrou sobre as cordas, quis ainda firmar-se, mas foi mais um soco apenas, as pernas faltaram, caiu de joelhos, ficou de bruços, com o nariz cheirando a lona. Berravam ensurdecedoramente. O juiz começava a contar os segundos: um... dois... três... Tommy, à distância, guardava a posição de ataque O braço abaixou pela última vez:

— Dez!

Estouraram bombas. Os segundos atiravam toalhas para o ar. Invadiram o ringue, carregaram o vencedor em triunfo. Ele sorria, emocionado, levantava as luvas, agradecendo a ovação. Aristides gozava:

— Não disse?! Que surra! Lavou a égua.

Teixeirinha acalmara-se. Olhava o herói. Ele já estava de roupão, cercado pelos segundos, abraçado pelos companheiros. A colônia saía murcha, com raros aplausos ao vencedor. Virou-se para Aristides:

— Só comendo de navalha.

Piscava o olho. Aristides percebeu e quis dissuadi-lo. Teixeirinha falou pouco:

— Ofensa não se esquece.

— Mas Teixeirinha...

— Nem que ele fosse Cristo!

Aristides não forçou. A razão era forte. Tinha lá seus pontos de honra também, respeitava os alheios — sim, ofensa não se esquece. E foram rondar a saída do vestiário. A noite está escura, sem estrelas. Um cheiro de peixe vinha do lado do mar.

82

O CÉU CARREGARA-SE. O calor medonho asfixia. Na penumbra das janelas cerradas, os velhos colavam-se um ao outro como trapos inúteis. Vinham abraçá-los, os que entravam. Era como se consolassem uma sombra — não pareciam deste mundo.

Sussuca, com imprevista serenidade, postara-se ao lado do caixão, donde não se arredou um minuto, contemplando o morto com o pescoço envolvido de ataduras e o crucifixo protegendo o peito. Zuleica de vez em quando vinha abraçá-la. Sussuca chorava nos braços da amiga. Consumiam-se as velas num pipoquear sutil, dobrando as chamas a um vento imperceptível. Jorge ia e vinha como um sonâmbulo, a cabeça confusa, o coração pesado como se fosse cúmplice da tragédia. Dona Nieta rezava.

Havia muita gente, gente desconhecida da família, ex-colegas do escritório (Baltazar, de preto dos pés à cabeça, é pela cremação), camaradas da profissão, admiradores, repórteres, vizinhos curiosos. A casa tornou-se pequena, espalharam-se pelo jardim, em grupos, fumando, abanando-se com os chapéus, comentando o trágico desenlace em voz abafada.

— Que bandido! Que covarde!

— Parece que o homem é louco.

— Um miserável é o que ele é!

— Na flor da idade!...

O rapaz gordo havia presenciado a cena rápida e contava-a pela centésima vez, acabando sempre do mesmo modo, como para se inocentar da culpa de não ter intervindo:

— Não deu tempo para um gesto!

Outro gabava a elegância de Simões, vindo velar o corpo do seu vencedor da véspera, mandando uma rica coroa com sentidos dizeres.

— Foi de cavalheiro!

— Realmente.

Gumercindo trazia as pálpebras inchadas, vigiava as coroas, providenciava como dono da casa, auxiliado por Zuleica. Peleador, apalermado, parecia não compreender a extensão do acontecimento, e escondia-se na cozinha entregue ao voo das moscas.

Com a tarde soprou um vento morno, prenunciador de tempestade próxima. O pó levantava-se na rua vertiginoso, em ondas, em espirais. As árvores folhudas desgrenhavam-se quando o cortejo partiu. Automóveis arrancavam com estampidos. Os curiosos debandavam. Pétalas pisadas juncavam a calçada.

83

SUSSUCA ACORDOU sobressaltada: luz?! Sim, a luz acesa, ela ainda vestida, vestida de preto, embebida em suor, o chão molhado, a janela aberta. Luz?! Ah, sim! compreendeu, através das pálpebras de chumbo. O corpo lhe doía todo. A boca salobra e pegajosa. A cabeça estalando. Sentou-se na cama, viu a aliança no dedo — nunca tiraria a aliança —, as lágrimas assomaram fáceis, grossas como bagas. Galos lançavam seus estertorados cantos para além dos quintais. Do telhado caíam os últimos pingos da chuva noturna. Arrastou-se para a janela, cravou os dedos nos cabelos, soluçante:

— Que será de mim, meu Deus?!...

Aí o ar fresco da madrugada bateu-lhe no rosto, entrou-lhe no peito como um cordial, avivou-lhe os sentidos. Do lado do mar, por trás das palmeiras, o primeiro clarão da aurora purificava o céu.

84

Rizoleta não foi ver o amásio na Detenção. Recebeu a notícia com o maior desinteresse. Durante três dias não comeu. A cabeça doía e ela ouvia vozes que a chamavam. O senhorio foi saber, de noite, por conta de quem ficaria o aluguel. Recebeu-o com despropósitos — ia ser rainha, ia para o seu palácio, o palácio era de ouro azul, estavam a chamá-la para ser rainha com as pombas. O homem saiu para buscar um polícia — a mulher estava maluca! Foi um instante. As vozes chamavam, chamavam!... Ela embebeu o vestido em álcool e atacou fogo. Saiu como uma estrela pela rua gritando!

85

Sá Maria dá vassouradas furiosas.

— Perdida! — e arrebita o beiço.

O sol da manhã é fraquinho. Passa o lixeiro num enxame de moscas. Lolote, Frida, Suzane estão firmes na janela. Juraci, a nova locatária, defronte ao espelho, faz no meio dos lábios mestiços um pequeno coração de *rouge*. Desdentada, peitos caídos, gasta, tem manchas de feridas nas pernas depiladas e um olhar de ladra. Fuma charuto.

86

ARISTIDES FOI DETIDO como cúmplice, mas como não havia provas contra ele, não pegou nada. Livre de culpas, sem inquietações, sem incertezas, continua cantando e vendendo modinhas. As esquinas se movimentam, as portas e janelas se apinham para ouvir o samba do dia na cidade:

Eu quero morrer cantando samba...

Faz um breque de estilo, estacando o chocalho numa síncope de um segundo. Depois prossegue. É um desafio:

Quero zombar da própria morte.

As mulheres amam-no alguns minutos. Ele vê, ele sente e passa. Deixa-as sem saudades, indiferente e forte como o sol.

Este livro foi impresso nas oficinas da
Distribuidora Record de Serviços de Imprensa S.A.
Rua Argentina, 171 – Rio de Janeiro, RJ
para a Editora José Olympio Ltda.
em agosto de 2012

*

80º aniversário desta Casa de livros, fundada em 29.11.1931